Gustav Kastropp

Helene

Ein Trauerspiel in fünf Aufzügen

Gustav Kastropp

Helene
Ein Trauerspiel in fünf Aufzügen

ISBN/EAN: 9783743353237

Hergestellt in Europa, USA, Kanada, Australien, Japan

Cover: Foto ©Andreas Hilbeck / pixelio.de

Manufactured and distributed by brebook publishing software (www.brebook.com)

Gustav Kastropp

Helene

Helene

ein Trauerspiel

in

fünf Aufzügen

von

Gustav Kastropp.

Den Bühnen gegenüber als Manuscript gedruckt.

Weimar.
Verlag von T. F. A. Kühn.
1875.

Personen.

Philipp, Landgraf von Hessen.
Wilhelm, Graf von Gehofen.
Conrad Franke, Gastwirth.
Helene, dessen Tochter
Michel Hase
Paul von Tannen } auf Burg Gehofen.
Laura, Beschließerin
Pater Hieronimus, ein vertriebener Kapuziner.
Ein Herold.
Thomas Münzer (ehemals Geistlicher)
Heinrich Pfeiffer (ehemals Mönch) } Bauernanführer.
Abel Mehlbrand (ehemals Schneider)
Jörg
Barthel
Hannes } aufrührerische Bauern.
Melchior
Friedel
Diener, Bauern, Ritter, Lanzknechte.

Die Handlung spielt in Thüringen, zur Zeit des großen Bauernkrieges 1525.

Erster Aufzug.

1. Auftritt.

Eine geräumige Bauernwirthsstube. Im Hintergrunde eine Thür. Daneben eine aufwärts führende Treppe. Rechts eine Thür und verschiedene Wirthschaftsgegenstände. Links eine Thür und ein großes, geöffnetes Fenster, an welches sich Helene anlehnt. Auf der Bühne Tische und Bänke.

Helene.

Schon neigt die Sonne sich zum Untergange,
Und mit ihr sinkt der kaum geborne Tag
Zum Meere der Vergangenheit hernieder. —
Wie in dem Strome Well' auf Welle folget,
So folgen unaufhaltsam sich die Tage
Und nehmen unser Leben mit sich fort,
Bis es sich endigt wie ein Sommertag,
Bis uns das Rad der Zeit, das uns erhob,
Zum Staube niederwirft und über uns
Dem ewig fernen Ziel entgegenrollt. —
Was ist das Leben, was ist unser Hoffen
Und unser Lieben anders wohl, als Blasen,
Die eine Welle aufwirft, um der andern
Sie zur Zerstörung wieder zuzuspielen?
Ein Friedhof ist die Zeit, der unsre Pläne
Und Wünsche in sich aufnimmt, der zuletzt

Uns selbst und unser thöricht Herz verschlingt. —
Und dieses Herz — wie stürmisch kann es schlagen!
Wie träumt es oft von einem Ideale,
Das unerreichbar ist und das ihm doch
Als Inbegriff der Seligkeit erscheint! —
Dann schwinden vor dem trunknen Geist die Schranken,
Dann dünkt er sich ein Gott und taumelt blindlings
Dem Abgrund zu, der ihn zerschmettern muß. —
Mein Ideal, mein Schmerz und meine Wonne! —
Bist du ein Stern, der mild dem Wandrer leuchtet,
Bist du ein Irrlicht, das zum Abgrund führt?

2. Auftritt.

Helene und Wilhelm, der durch die hintere Thür eintritt.

Wilhelm.
Helene, grüß Dich Gott!

Helene (sich umwendend, nach einer kleinen Pause).
Wie mögt Ihr wagen,
Die Hütte zu betreten, die sich Euch
So gastlich nicht wie Andern öffnen kann —
Bedenkt Ihr nicht, wie Euch mein Vater haßt?

Wilhelm.
So bist auch Du von jenem Haß beseelt,
Der unsre Väter trennt? — Sind wir nicht einst
Zusammen aufgewachsen wie zwei Blumen,
Die einem kleinen Beet entsprossen sind?
Und nun entfliehst Du mir? — Wie lange schon
Hat sich dies holde Antlitz mir verborgen,
Das meine Sonne ist, mein Licht und Leben!

Helene.
O sprecht nicht so, ich bitte Euch darum!

Wilhelm.
So hast Du ganz vergessen, wie wir oft

Im nahen Walde Kinderspiele spielten? —
Wie glücklich waren wir, wie war es schön,
Wenn durch die Blätter Sonnenstrahlen blitzten,
Wenn hell die Vöglein sangen und das Laub
Verstohlen rauschte in des Windes Wehen!
Da wussten wir von Haß und Zwiespalt nichts —
Und nun? — Bist Du mir nicht mehr gut, Helene?

Helene.

Wir waren damals Kinder, gnäd'ger Herr,
Wir träumten nur und sind nun aufgewacht.
Ein Mann seid Ihr geworden, und es ziemt
Euch nicht, an Kinderspiele noch zu denken.
Mit starker Hand greift in das Leben ein,
Dem Vaterlande widmet Eure Kräfte!
Es tagt der Morgen einer großen Zeit,
Gewitterwolken ziehen sich zusammen,
Schon zucken rothe Blitze in der Ferne,
Wohlan, so werft Euch in den Strom der Zeit
Und denkt nicht mehr an Eurer Jugend Traum!

Wilhelm.

Wie könnt' ich Dich vergessen? — Nein, Helene,
Dein Bild füllt meine ganze Seele aus,
Es raubt den Schlummer mir und folgt mir nach,
Wohin ich auch entfliehe — ach und Du
Vergiltst mit stolzem Hasse meine Liebe!

Helene.

Woraus vermuthet Ihr, daß ich Euch hasse?
Das thu' ich nicht!

Wilhelm.

     Ich aber liebe Dich!
Kein Leben kann ich denken ohne Dich.
Ach, wenn Du fühlen könntest so wie ich,
Du stießest die Bedenklichkeit bei Seite,

Denn mir erscheint kein Hinderniß so groß,
Daß ich's für Dich nicht frohen Muth's bekämpfte!
Helene.
Wie quält Ihr mich! Es würde Euer Vater
Ja niemals dulden, daß ein Bauernmädchen
Die Gattin seines einz'gen Sohnes wird.
Wilhelm.
Wenn vom gelobten Land er wiederkehrt,
Dann will ich stolz Dich ihm entgegen führen
Und will ihm sagen: Diese ist mein Weib!
Helene.
Er würde Dich verstoßen.
Wilhelm.
Nein, Helene,
Das wird er nicht, sobald er Dich gesehn!
Und sollte er's, dann will ich gern mit Dir
Nach einem fernen Land entfliehn; es wird
An Deiner Seite mir zum Paradiese
Und wär' es eine sand'ge Wüste nur.
Helene.
Und denkst Du an die Vorurtheile nicht,
Die sicherlich Dein Glück zerstören müssen,
Sobald der Liebe erster Rausch verflogen?
Wir sind ja Sklaven unsrer eignen Thorheit
Und sind zu schwach, um hundertjähr'gem Wahne
Zu widerstehn; der unsichtbare Feind,
Den wir verachten, der uns kleinlich dünkt,
Er schleicht sich heimlich, ungesehen ein,
Und eh wir's denken, sind wir überwunden.
Vergiß mich Wilhelm! Sieh, auch mir ist's schwer
Dir zu entsagen, und ich könnte wohl
So streng nicht sein, wenn ich Dich minder liebte.

Wilhelm.
So liebst Du mich? O dieses eine Wort
Macht alle Deine andern mich vergessen!
O sage einmal noch: Ich liebe Dich!

Helene.
Wie wirst Du gleich so stürmisch, böser Mann!
Ich hätte Dir das Wort nicht sagen sollen —
Nun muß ich's wohl gestehn: Ich liebe Dich!

Wilhelm (sie an seine Brust ziehend).
Dann bist Du mein und ich bin Dein auf ewig
Und keine Macht der Erde soll uns trennen!

3. Auftritt.
Vorige, Conrad, der die Treppe herabkommt.

Conrad.
Ha! Gottes Tod! — Was sucht Ihr hier, Herr Graf?

Wilhelm.
Mit Eurer Tochter hab' ich mich verlobt
Und fordre sie von Euch zu meinem Weibe!

Conrad.
Zu Eurem Weib? — Ihr seid verrückt geworden!

Helene.
Sei nicht so streng, mein Vater! Sprich Dein Urtheil
Nicht, ehe Du geprüft! — Ich suchte auch
Des Herzens Regung erst zu überwinden,
Doch als ich sah, wie theuer ich ihm bin,
Da sank mein stolzer Trotz; ich wollte nicht
An alten Vorurtheilen zäher kleben
Als er, der freudig sie zum Opfer bringt.

Conrad.
Ich spare Reue Dir und Elend nur,
Wenn ich versagen muß, was Du begehrst.

Wilhelm.
Gewiß seid Ihr so rauh nicht, wie Ihr gerne
Euch zeigen möchtet, und ein edler Sinn
Ist hinter dieser finstern Stirn verborgen.
Es zieht mich unwillkürlich zu Euch hin,
Und seh' ich Euch, so glaub ich meinen Vater
Zu sehn, so täuschend ähnlich seid Ihr ihm. —
Wie gerne wär' ich Euer lieber Sohn!
Ihr wollt gewiß nicht unser Glück zerstören —
O denkt an Eure Jugendzeit zurück!'
Conrad.
Weil ich sie nicht vergaß, befehl ich Euch:
Verlaßt mein Haus!
Wilhelm.
Es soll uns Euer Trotz
Nicht trennen! Lebe wohl, Helene!
Noch eh' ein Jahr vergeht, bist Du mein Weib!
(ab.)

4. Auftritt.
Vorige ohne Wilhelm.

Conrad (setzt sich auf einen Sessel und rückt für Helene einen Schemel herbei).
Dir zürn' ich nicht! Du hast noch nicht erfahren,
Wie falsch die Menschen sind. Ich schwieg bisher
Von meiner Jugend, um den frohen Sinn
Dir nicht durch Schreckensbilder zu zerstören.
Doch zwingst Du selber mich zum Reden. Kind,
Zu meinen Füßen setze Dich und höre,
Wie ich als Spiegel für die Zukunft Dir
Vergangne Tage aus dem Grab beschwöre!
Helene (sich setzend).
Mein Vater, warum thust Du mir so weh? —
Doch, ach! ich weiß, daß alles, was Du thust,

Aus Liebe nur zu Deinem Kind geschieht.
Auch ich bin Dir so gut, daß ich mein Liebstes
Für Dich zum Opfer bringen könnte — doch
Erzähle nur; ich höre willig zu! —
Conrad.
Ein schönes Bauernkind war meine Mutter; —
Ich sah sie niemals, denn sie starb am Tage,
Der mir das Leben gab. Mein Vater war
Ein Graf, er nahm mich auf sein Schloß und ließ
Mit seinem Erben mich zugleich erziehen.
Helene.
Ein Graf Dein Vater? Hab' ich recht gehört?
Conrad.
Er liebte mich so sehr, daß er beschloß,
Die Hälfte seiner Güter mir zu geben
Und vor Gericht als Sohn mich zu erklären.
Da starb er plötzlich, und mit Hohn und Spott
Wies mich mein Bruder von der Burg hinweg,
Da ward ich Tagelöhner.
Helene.
Armer Vater!
Conrad.
Mein Bruder führte nun ein wüstes Leben
Und oft hab' ich gesehn, wie er die Bauern
Geringer hielt als Hunde, daß er sie
Dem Pfluge vorgespannt, um seine Pferde
Zu schonen, ja, daß seine Lanzenknechte
Die Säumigen mit Peitschen vorwärts trieben.
Helene.
Der Adel hat durch solche Schändlichkeiten
Den Aufstand mit Gewalt hervorgerufen.
Doch fahre fort!

Conrad.
Im Walde war ich einst,
Um Holz zu fällen, da vernahm ich Schreien
Und Waffenklirren, und durch das Gebüsch
Sah ich ein Mädchen mir entgegeneilen,
Das, meine Knie' umklammernd, weinend mich
Um Schutz und Rettung bat.

Helene.
Wer war das Mädchen?

Conrad.
Sie war die Tochter eines reichen Kaufmanns,
Der, um sich nicht von ihr zu trennen, sie
Auf einer Reise mitgenommen hatte.
Das Unglück fügte es, daß ihm mein Bruder
Mit Lanzenknechten seinen Weg verlegte,
Und da der Tochter Schönheit diesen reizte,
Rief er dem Alten zu, daß er ihn frei
Mit seinem Gelde würde ziehen lassen,
Wenn er die Tochter ihm als Beute gäbe.

Helene.
Und hat er das gethan?

Conrad.
Nein! zitternd griff
Der alte Mann zum Schwert, sein Kind zu schützen,
Doch sank er bald, durchbohrt von Lanzenstichen,
Und während noch die Diener muthig kämpften,
Gelang's der schönen Tochter zu entkommen.

Helene.
Gelobt sei Gott! wie zittert' ich für sie!

Conrad.
Wir flohen eilig auf geheimen Pfaden
Der Grenze zu, und schon am nächsten Morgen

Gelangten wir an ihren Heimathsort.
Sie ward mein Weib, und Du bist ihre Tochter.
Helene.
Warum hast Du mir nie von ihr erzählt?
Wie Heimweh ist es über mich gekommen,
Da ich zum ersten Mal sie nennen höre. —
Conrad.
Des Lebens höchstes Glück ward uns zu Theil,
Und als der Himmel Dich uns schenkte, hatten
Wir keinen Wunsch mehr übrig; ach, wie bald
Ward dieses allzugroße Glück zertrümmert! —
Du lerntest kaum die ersten Worte lallen,
Da kam mein Glück zu meines Bruders Ohren,
Der drang sofort mit seinen Söldnerschaaren
In jene Stadt und überfiel mein Haus.
Helene.
Und fandest Du nicht bei den Bürgern Hilfe?
Conrad.
Bevor sich diese aus dem Schlummer rafften,
War ich vor meinem Haus mit Stricken schon
An einen Pfahl gebunden. Ach, ich mußte sehn,
Wie sie mein stolzes Haus in Flammen steckten
Und dann mein Weib auf einen Wagen banden.
Mein armes Weib! Nur einen langen Blick
Voll tiefsten Herzensweh's warf sie mir zu,
Dann fuhr der Wagen fort.
Helene.
Ach! arme Mutter! —
Und dieser Schurke! sprich, was that er noch?
Conrad.
Er brachte sie auf seine Burg; jedoch
Vom schwindelnd hohen Fenster schwang sie sich
Zum Hof hinab.

Helene.
Allmächt'ger Gott!
Conrad.
Und ward
Am andern Tag zerschmettert aufgefunden. —
Helene.
Wie Schwerter schneiden Deine Worte mir
Ins Herz. Sag an, hast Du Dich nie gerächt?
Conrad.
Noch hat mein Arm ihn nicht erreichen können,
Doch schwöre mir, Helene, daß Du ihn —
Wenn ich nicht Rache fand, bevor ich sterbe, —
Bis in den Tod mit Deinem Haß verfolgst!
Helene (aufstehend).
Das schwör' ich Dir, so wahr mir Gott einst helfe:
Wenn ich es je vermag, will ich der Mutter
Grau'nvollen Tod und Deine Schande rächen! —
Doch sage mir, wer jener Schurke ist!
Conrad.
Es ist der Vater Wilhelm's von Gehofen!
Helene (steht erst in starrem Entsetzen, dann sinkt sie zusammen).
Weh! damit mordest Du mein einzig Glück!
(Sie verhüllt in heftigem Schmerz ihr Haupt. Conrad betrachtet sie
mitleidig und geht dann auf sie zu, seine Hand auf ihren Kopf le=
gend. In diesem Augenblick wird heftig gegen die Thür gepocht.
Conrad tritt erschrocken zurück.)

5. Auftritt.
Vorige, Pater Hieronimus.
Hieronimus.
Gelobt sei Jesus Christ! — Ach, so! — das ist
Nicht Mode mehr. — Nun — guten Tag, Ihr Leute!
Wollt Ihr Euch Gotteslohn dadurch erwerben,
Daß Ihr den fliehenden, gehetzten Mann

Mit einem Labetrunk erquickt? Es möge
Die heil'ge Jungfrau Euch dafür belohnen —
Der heil'ge Luther, wollt' ich sagen! — Ach,
Mein alter Kopf vermag es nicht, so schnell
Sich an das Neue zu gewöhnen! — Nun,
Ich bin dem Luther eigentlich nicht bös,
Und wenn's nicht anders geht, nehm' ich ein Weib
Und werde Ketzer!
    Conrad.
      Hol' ihm Wein, Helene!
    Hieronimus.
Die bösen Bauern haben unser Kloster
In Brand gesteckt und nur das nackte Leben
Uns armen frommen Mönchen noch gelassen. —
Es ist 'ne böse Zeit!
    Conrad.
      Nun — lieber Herr,
Ihr habt es auch ein Wenig arg getrieben!
Ein Wunder ist es nicht, wenn man Euch haßt!
   (er reicht ihm den von Helene gebrachten Wein.)
    Hieronimus.
Mich labt die Hand, indeß der Mund mich lästert —
Nun — Offenheit steht jedem Manne wohl —
D'rum keine Feindschaft! — Ist das Eure Tochter?
Auf Euer Wohlergehen, schönes Kind! (trinkt)
Sie sieht Euch ähnlich, nur ein Wenig schöner!
  (indeß Helene hinausgeht, betrachtet er Conrad aufmerksam.)
Ei! bei den heiligen elftausend Jungfrau'n!
Seid Ihr es wirklich, oder ist's ein Andrer?
    Conrad.
Was starrt Ihr mich so an?
    Hieronimus.
      Nun — wißt Ihr nicht?

Ich traf Euch doch vor wenig Stunden noch
Im Walde an. Ihr war't vor Müdigkeit
Mit Eurem Knechte beinah umgesunken
Und batet mich, nach Eurem Schloß zu laufen
Um Eurem Sohn zu sagen, daß Ihr wieder
Aus Palästina heimgekommen seid.
Conrad (geht mit mühsam zurückgehaltener Aufregung im Vor=
bergrunde auf und ab. Für sich:)
Er ist zurück! die Zeit der Rache naht!
Hieronimus.
Ihr sagtet mir, daß ich auf Euerm Schloß
Vor jenen Bauern Zuflucht finden sollte.
Conrad (sich fassend).
Ihr seid im Irrthum, guter Freund! Ich bin
Nicht jener, den Ihr in dem Wald getroffen,
Doch freut mich diese Nachricht! — Nehmt dies Geld
Als Dank dafür!
Hieronimus.
Ihr seid ein edler Mann!
Ein Ebenbild des andern edlen Mannes,
Ein zweites Exemplar desselben Buches!
Ich danke Euch für Eure off'ne Hand!
Conrad.
Noch sagt mir, welchen Weges kommt Ihr her?
Hieronimus (durch das Fenster zeigend).
Dort jene Straße, die sich durch den Wald
So endlos hinzieht, doch ich muß nun fort!
(er trinkt seinen Becher aus und verabschiedet sich.)

6. Auftritt.

Das Abendroth scheint durch das Fenster, dann wird es allmälig dunkel. Conrad gürtet sein Schwert um und ergreift seinen Hut und Mantel. Gleichzeitig tritt Helene ein.

Helene.
Was stürmt durch Deine Seele, lieber Vater?

Wie Leidenschaften zuckt's durch Deine Züge
Und tödtlich wilder Haß glüht aus dem Auge.
Wo gehst Du hin?
            Conrad.
                 O frage nicht, mein Kind,
Der Himmel schütze Dich! Laß mich hinweg!
            Helene.
Nicht ehe Du mir Antwort hast gegeben!
Ein Mädchen bin ich nur — doch hast Du je
Mich schwach gesehen? Laß mich alles wissen!
            Conrad.
So höre denn: Aus Palästina kehrt'
Mein Bruder heim; er weilt im Walde dort,
Und ich will ihn ermorden!
           Helene.
                    Schauder faßt
Bei diesem Worte mich, und dennoch wage
Ich Dir nicht abzurathen von dem Mord —
Erfülle denn Dein Schicksal — gehe hin!
(sie wendet sich ab, dann eilt sie auf Conrad zu und umarmt ihn
            leidenschaftlich.)

7. Auftritt.
Vorige, Thomas Münzer.
            Münzer.
Der Friede Gottes sei mit Dir, mein Freund,
Und Deinem Hause!
            Conrad.
                 Sei willkommen Thomas!
Kommst Du mit guter Botschaft?
            Münzer.
                 Ja, mein Freund,
In Schwaben und in Franken nimmt der Aufstand
Den besten Fortgang. Nur ein großer Sieg —
Und unsre Sache hat die Feuerprobe

Bestanden. Viele warten auf die Nachricht,
Daß wir Erfolg erzielt, um alsobald
Zu unserm Heer zu stoßen.
    Conrad (die Ungeduld verbergend).
           Nun — Glück auf!
    Münzer.
Gerüstet stehen siebentausend Brüder
Bei Frankenhausen. Es ist Zeit zum Handeln!
Ich komme her, um Deine Schaaren nun
Zu meinem Heer zu führen. Hast Du alles
Gethan, wie wir besprochen?
    Conrad.
           Ja, gewiß!
In aller Stille sä't' ich bei dem Volk
Des Mißvergnügens Samen, und es wuchs
Mit Riesenschnelle diese Saat empor.
Nur noch das letzte Wort ist nun zu sprechen,
Um zu der hellen Flamme der Empörung
Den Funken ihres Zornes anzublasen.
    Münzer.
Das ist mir lieb zu hören, denn aus Hessen
Naht Landgraf Philipp schon mit seinen Truppen,
Um mit Georg von Sachsen sich vereint
Auf uns zu stürzen. Schnelles Handeln nur
Vermag uns zu dem Siege zu verhelfen.
Ich bitte Dich, nun Deine Knechte eilig
Nach Deinen Bauern auszuschicken!
    Conrad.
             Ja,
Das soll geschehn! Leb' wohl indessen, Thomas!

8. Auftritt.
Münzer und Helene, welche eine Kanne Wein bringt.
    Münzer.
Ich trinke keinen Wein, mein liebes Kind!

Doch bitt' ich Dich um einen Krug mit Wasser,
Denn in so schweren Zeiten muß der Geist
Beständig nüchtern sein und klar, damit
Der Dunst des Weins ihn nicht verfinstre — doch
Wie bist Du schön geworden! Setz' Dich her
Und plaudre mir von Deinen kleinen Sorgen
Und Freuden etwas vor! das wird mir wieder
Die Spannkraft geben, die von vielem Wachen
Und harter Arbeit mir bisweilen schwindet.

Helene.
Es sind nur meine Freuden klein und winzig,
Doch meine Sorgen — (bricht in heftiger Bewegung ab.)
Münzer (ohne sie zu beobachten).
Deine Sorgen — nun?
Helene.
Sie sind zu ernst, um Euch zu unterhalten —
Seid Ihr Prophet, so lest in meiner Seele,
Seid Ihr es nicht, so sprecht von andern Dingen!

Münzer (sie mit steigender Aufmerksamkeit betrachtend).
Bist Du das Kind, mit dem ich oft geplaudert? —
Ich kenne Dich nicht wieder! Deine Augen,
Sie blicken flammend groß auf mich hernieder,
Und hinter Deiner Stirne scheinet sich
Ein unergründlich Räthsel zu verbergen;
Ich habe Dich verkannt — vergib, Helene!

Helene.
Von meinen kleinen Sorgen will ich schweigen,
Doch denket nicht, daß niemand außer Euch
Die Wolken sähe, die sich trüb und schwer
Zusammenziehen über unserm Land!

Münzer.
Wenn Du von unserm Plane etwas weißt,
So sage mir, was Du darüber denkst!

Helene (sich wie eine Seherin hoch aufrichtend).
Ihr seid ein schwacher Mensch und macht uns glauben,
Daß Ihr ein Bote seid des höchsten Gottes,
Versprecht uns Glück und werdet Elend bringen —
Ihr säet Brand und werdet Asche ernten!
Ist edel auch das Ziel, das Ihr erstrebt,
So werdet Ihr's doch nicht erreichen können!

Münzer.
Vor Gott ist nichts unmöglich, liebes Kind!
Im Schwachen ist er mächtig; könnt' er nicht
Den Thron der Tyrannei durch mich zertrümmern?

Helene.
Durch Feuerleitern stürmt man nicht den Himmel.
Den Sturm habt Ihr entfacht, den Ihr nicht wieder
Vermögt zu stillen. In den Abgrund wird
Der wachsende Orkan Euch Alle schleudern!

Münzer.
Fast graut es mir vor Dir und zieht mich doch
Mit Allgewalt zu Dir, Du stolzes Weib!
Du darfst nicht in der Bauernhütte bleiben —
Dein hoher Geist verlangt ein andres Feld!
Du wärest würdig, mein Geschick zu theilen —
Helene sieh — bis zu der höchsten Höhe
Des Menschenruhmes führt mein Weg hinauf!
Willst Du mir folgen?

Helene.
        Wandelt Eure Bahn! —
Nein, Thomas! — unsre Pfade sind getrennt!
Dem Untergange führt der Eure zu
Wie auch der meine, nur daß ich im Stillen,
Von wenigen beachtet, untergehe,

Indessen Euer Sturz lawinengleich
Das Glück von Tausenden zerschmettern wird!
(langsam durch die Thür nach rechts ab.)

9. Auftritt.
Münzer allein.

Münzer.
Wie kommt es wohl, daß ihre Worte mir
Wie Flammenschrift vor meiner Seele stehen?
Ein Mene — tekel — upharsin! — Ich bebe
Vor diesem Weib, das wie der Zukunft Dämon
Zu mir gesprochen hat; — ja — sie hat Recht!
Ich bin zu schwach für mein gewaltig Amt.
Wie heult um mich der Sturm, den ich entfacht,
Zu Blitzesflammen werden meine Worte:
Daß alle Menschen gleich, daß Gott den Sklaven
Aus gleichem Stoff wie die Gewalt'gen schuf,
Die von dem Blute jener Armen leben! —
Ich will ein neues Weltenreich begründen,
In dem die Menschen froh und glücklich sind —
Da soll nicht Ueberfluß, noch Armuth sein,
Nicht Krieg noch Haß soll fernerhin bestehen —
Ein Paradies soll diese Erde werden! —
Ja — der Gedanke ist so riesengroß,
Daß er dem Haupte eines schwachen Menschen
Nicht kann entsprossen sein! — Ich fühl' es doch,
Daß Gott mich auserwählt zu seinem Boten! —
Es wächst mein Muth, wenn ich des Kampf's gedenke —
Und wandl' ich auch auf Trümmern und auf Todten —
Herr, sei das Licht, das meine Schritte lenke!
(er geht durch die Hinterthür ab.)

10. Auftritt.
Es ist dunkel geworden.

Helene (tritt mit einer brennenden Lampe ein).
Welch' wilder Wirbelwind hat mich ergriffen

Und führt wie dürre Blätter die Gedanken
In toller Hast an meinem Geist vorüber? —
Ha! — in dem Walde hör' ich Schwerter klirren —
Ich sehe blitzend sich den kalten Stahl
Den Weg zum Herzen meines Vaters bohren!
Könnt' ich ihn schützen! — oder hat er wohl
Den Vater des Geliebten mir erschlagen? —
Wohin ich sehe, Untergang und Tod!
Und rings umher in aufgewühlten Wogen
Der Aufstand! — Wüthend heult der Sturm,
Die Wogen schwellen, Ströme Blutes fließen,
Auf schmalem Bret schwimm' ich im weiten Meer,
Die nächste Welle kann mich schon verschlingen!

11. Auftritt.
Helene, Abel Mehlbrand, Heinrich Pfeiffer.

Abel.

Schau Heinz, das muß man schon dem Thomas lassen,
Daß er ein Herz für seine Freunde hat!
Wenn er auch tüchtig uns umhergehetzt,
So zeugt es doch für seinen zarten Sinn,
Daß er nach diesem Orte uns bestellte,
Denn zur Erholung können wir uns hier
Zu neuen Thaten und zu neuem Ruhm
Am Herzen jenes Mädchens wieder stärken.

Heinrich.

Das laß Dir nur vergehn, Du eitler Narr!
Ich will allein die holde Blume pflücken,
Und wenn Du wagst, mir in den Weg zu treten,
Ich schlage Deinen Schädel Dir entzwei!

Abel.

Du denkst wohl gar, ich fürchte mich vor Dir?
Ich hab' dasselbe Recht auf sie wie Du!

Heinrich (setzt ihn derb auf die Bank).
Du gelber Frosch! was quakst Du nach dem Mond?
Dem Teufel send' ich Deine Seele zu,
Wenn Schneider überhaupt 'ne Seele haben! —
Nun halt das Maul, Du Hund, und saufe Wein!
He! Mädel! bring uns Wein vom allerbesten!
(Helene ab)
Abel.
Du bist ein grober Mensch! — Wenn ich nicht wüßte,
Daß doch Dein Herz im Grunde gut — schwerenoth!
Ich hätte Lust, Dir's übel auszulegen.

Heinrich.
Das ist so brav geredet, wie ein Schneider
Nur irgend reden kann!

Abel.
Sieh, lieber Heinz,
Wir kennen uns, d'rum können solche Reden
Nicht unsrer Freundschaft schaden! Weiß ich doch,
Daß unser Nutzen sich damit verbindet,
Stehn wir uns treu zur Seite.

Heinrich.
Ja, mein Freund!
Das ist die Wahrheit, und ich schwöre Dir,
Daß Du des heil'gen römisch deutschen Reiches
Erzkellermeister werden sollst, wenn ich
Minister bin und Thomas Kaiser ist.

Abel.
Potz Blitz! das könnte mir gefallen!
Wenn wir die Pfaffen und die Fürsten erst
Ins Grab gelegt und redlich ihren Nachlaß
Getheilt, dann möcht' ich still in einem Keller
So lange mich mit deutschem Wein betrinken,
Als ich nur trinken kann!

(Helene stellt eine Kanne und zwei Gläser auf den Tisch. Abel schleudert
die Gläser auf die Erde und zieht zwei goldene Becher aus seinem Ranzen.)

Helene.
Was thut Ihr da?

Abel.
Wir trinken nicht aus Glas,
Seitdem die goldnen Becher aus den Klöstern
In unsre Taschen sind gewandert. Mädchen,
Das nennt man Freiheit! Ha! die Pfaffen ließen
Sich's angelegen sein, für uns zu sparen!

Heinrich.
Nicht Freiheit nur, auch Liebe pred'gen wir!
D'rum setz Dich zu mir her, Du liebes Ding,
Ich habe Lust, den rothen Mund zu küssen!
(er will sie umfassen; Helene weist ihn jedoch mit einem stolzen Blick
zurück und geht hinaus.)

12. Auftritt. Vorige, ohne Helene.

Abel.
Nun hast Du's, Freund! Das kommt von deinem Vorwitz!
Man muß die Liebe fein bedächtig treiben.

Heinrich.
Ja, spotte nur, Du schnödes Lästermaul!
Ward auch der erste Sturm zurückgeschlagen,
So bin ich doch noch nicht besiegt, und wahrlich,
Beim zweiten Male soll sie kapituliren!

Abel.
Nun, Bruder, sauf und laß die Grillen fahren!
Ich glaub' die Hexe hat Dir's angethan!

Heinrich (trinkt und steht auf).
Ich denk' nicht mehr daran! schweig still davon! —
Wo bleibt der Thomas nur? Er läßt uns warten
Und ist doch sonst so pünktlich. —
(er geht ans Fenster.)

Ah! dort ist er!
Sieh hin! er geht beim Mondenscheine dort
Im Garten auf und ab; er senkt das Haupt
Und überdenkt die Rede, die er hier
Den Bauern halten will. Ich hoffe sehr,
Daß nicht die schönen Augen dieser Hexe
Ihn durch den Garten auf und nieder treiben! —
Und sieh! — dort seh' ich Bauernhaufen nahen!
Abel.
Dann laß uns schnell hinaus zu Thomas gehn,
Um erst Bericht von unsrer Fahrt zu bringen!
(sie trinken aus. Abel steckt die Becher wieder bei, dann beide
links ab.)

13. Auftritt.
Mit Morgensternen, Keulen, Schwertern ꝛc. bewaffnete Bauern treten
durch die Hinterthür ein; unter ihnen Jörg, Barthel, Hannes; dann
Helene.
Jörg.
He! Wirthschaft! he! wo ist der alte Conrad?
Ist denn kein Mensch zu Hause?
(er stampft mit dem Morgenstern auf den Boden.)
Barthel.
Ja! die Freiheit
Ist gar ein durstiges Gewächs und muß
Mit Bier und Wein begossen werden, sonst
Vertrocknet sie in unsern Kehlen! — Ah!
Dort kommt Helene!
Jörg.
Bring uns Stoff, mein Täubchen,
Sonst tödtet uns der Durst!
(Helene zapft aus einem Fasse den sich um sie drängenden Bauern
Bier ab.)
Ihr lieben Freunde,
Ich schlage vor, daß wir die Zeit benutzen,

Um alle unsre Klagen zu berathen,
Damit der Thomas weiß, was wir verlangen!
    Alle (durcheinander).
Das wollen wir!
    Barthel.
   Der Jörg hat klug gesprochen!
    Hannes.
Wir wollen keine Steuern, keine Zehnten!
    Alle.
Ja! keine Steuern! keine Zehnten mehr!
    Jörg.
Und freies Bier auf Kosten unsers Herrn!
    Barthel.
Und ich verlange ferner, daß mein Weib
Ein rothes Wams sich machen lassen darf
So wie des Schulzen seines!
    Alle.
       Zugestanden!
    Jörg.
Ich schlage vor: wir sind die größten Esel,
Wenn wir uns noch vom hochgebornen Wild
Die Saaten fernerhin zertreten lassen!
Die Jagd soll frei sein!
    Alle.
     Ja! die Jagd sei frei!
    Hannes.
Und frei das Fischen, frei das Holz im Walde!
    Alle.
Ja! Alles frei! die Freiheit lebe hoch!

    14. Auftritt.
   Vorige, Münzer, Abel und Heinrich.
    Alle (Gemurmel).
Das ist der Thomas! das ist der Prophet!

Münzer.
Ich ließ Euch rufen, meine lieben Brüder,
Um Euch das Licht der Wahrheit anzuzünden! —
Dem Volke, das im Finstern ist, gewandelt,
Will ich die Sonne zeigen, die vom Himmel
Die ersten Strahlen auf die Erde sendet. —
Die Sonne, die ich meine, ist die Freiheit.
Heinrich.
Die Freiheit ist es! Hört Ihr's wohl, Ihr Leute?
Jörg.
Ja, ja! sie lebe hoch!
Alle.
                      Die Freiheit hoch!
Münzer.
Sie sendet ihre warmen Strahlen schon
Auf unser deutsches Vaterland herab;
In Frankreich auch beginnt sie schon zu dämmern,
Und glaubt es mir, nicht lange wird es dauern,
Bis alle Welt von ihr erleuchtet wird,
Sodaß die Fledermäuse, Uhus, Eulen
Und Spinnen scheu entflieh'n vor ihrem Licht!
Jörg.
Was meint er mit dem Ungeziefer?
Abel.
                                 Narr!
Wenn's Dir Dein Bischen Hirn nicht sagt, so warte!
Er wird es schon erklären!
Münzer.
                      Jene Spinnen,
Die uns wie Fliegen in ihr Netz gesponnen,
Es sind die Pfaffen, die mit falschen Lehren
Das Evangelium überzogen haben,
Um Euch zu fangen und um ungestört
Das Herzensblut aus Eurer Brust zu trinken!

Hannes.
Habt Ihr's gehört? Sie trinken unser Blut!
Heinrich.
Zertretet sie, wie man es Spinnen thut.
Alle.
Den Pfaffen Tod! wir wollen sie zertreten!
Münzer.
Die Eulen aber und das Raubgevögel
Das sind die Fürsten, Grafen und die Ritter,
Die Euch berauben, plündern und verzehren,
Statt euch zu schützen. Alle sollen sterben!
Alle.
Es lebe Münzer! Nieder mit den Fürsten!
Münzer.
Den Fledermäusen gleichen jene Menschen,
Die vor dem Licht sich scheuen, die der Wahrheit
Entflattern wollen, weil sie fürchten,
Von ihrer Habe etwas einzubüßen.
Wer Schätze hat, soll sie den Armen geben,
Denn Gott schuf nicht für jene nur den Reichthum!
Heinrich.
Die Hunde! Schlagt sie todt!
Alle.
Sie sollen sterben!
Jörg.
Und sind sie todt, dann sind wir ihre Erben!
Münzer.
Wir gehen einem großen Ziel entgegen,
D'rum schreckt vor all dem Blute nicht zurück,
Das uns den Weg zu jenem Ziele bahnt!
Uns werden einst die späten Enkel segnen,
Daß wir das Himmelslicht herniedertrugen,
Daß wir die alte Finsterniß erhellten

Und allen Zeiten Glück und Frieden brachten!
Ist einer unter Euch, der nicht so gut
Wie jene Fürsten Schmerz und Freude fühlte,
Den nicht wie jene des Erlösers Blut
Zum Kinde Gottes hat gemacht? Wir Alle
Sind gleich, und einer wie der Andre
Soll sich des Lebens freu'n, das Gott ihm gab! —
Ich bin es nicht, der Euch dies Alles sagt,
Die Stimme Gottes tönt aus mir hervor!
Ich bin ein schwankend Rohr, das sich im Winde
Bewegt, ich bin ein schwaches Werkzeug nur,
Das in der Hand des Höchsten wird zur Fackel,
Die alle Welt in Flammen setzen wird! —
Ihr müßt mit Blut und Gut zusammenhalten,
Vereinzelt gleichet Ihr dem Tropfen Wasser,
Vereinigt aber werdet Ihr gewaltig
Dem Wolkenbruche gleich herniederstürzen,
Um Tyrannei und Knechtschaft fortzuschwemmen.

  Die Bauern (in großer Bewegung Münzer umringend).
Wir folgen Dir! Du sollst zu Sieg und Tode
Uns führen! Münzer, der Prophet, er lebe!

  Helene (in den Vordergrund tretend).
Den Blitzstrahl seh ich flammend niederfahren,
Der mich zerschmettern wird mit meinem Land
Und hilflos, ohne Macht, ihn aufzuhalten,
Seh ich ihn nah'n, um alles zu zerspalten!

  Vorhang fällt.

2. Aufzug.

Ritterſaal auf Burg Gehofen. Im Hintergrund Niſche mit großen Fenſtern, durch die man eine Mondſcheinlandſchaft ſieht. Links Eingang zum Balkon mit einigen Stufen und einer Thür. Rechts eine Thür. An den Wänden Rüſtungen und Waffen.

1. Aufzug.

Laura eilt (rechts) zur Thür herein. Paul verfolgt ſie.

Laura.

Ach Paul! warum verfolgſt Du mich denn immer?

Paul (ſie umfaſſend).

Weil ich Dich küſſen will, Du ſprödes Ding!

Laura.

Ich rufe Hilfe, Paul! laß mich in Frieden!

Paul (ſie küſſend).

Dann ruf nur immer zu! Ich kann's nicht hindern!

Laura (ſich loswindend).

Wie unverſchämt! Das will ich Dir gedenken!

Paul.

Gedenke mir's, nur ſei nicht ſpröde, Schatz!
Komm ſetz Dich neben mich und laß uns plaudern
Von Liebe und von andern ſchönen Dingen!
(er zieht ſie neben ſich auf eine Bank.)

Laura.
Wenn Du es ernstlich meintest, wär' mir's recht!
Doch solchem jungen Flattergeist wie Du,
Aus abligem Geschlecht, dem fällt's nicht ein,
Ein armes Mädchen sich zur Frau zu nehmen! —
Du willst nur Deine Kurzeweil mit mir treiben!

Paul.
Da bist Du sehr im Irrthum, liebe Laura!
Wie oft hab' ich gesagt, daß ich Dich liebe,
Und glaubst Du denn, wenn sich ein reicher Graf
In einer Schenke seine Gattin sucht,
Daß ich zu gut für eine Köchin sei?

Laura.
Wärst Du ein halbes Dutzend Jahre älter,
Ich hätte beinah Lust, Dir nachzugeben.

Paul.
Dann gib mir nach und laß die Grillen fahren,
Daß die Geduld mir nicht zu Ende geht
Und ich mir dann ein andres Liebchen suche.

Laura.
Ach, wenn Du nur — (heftiges Klopfen am Thor)
                    Du heil'ger Himmel, hilf!
Vor Schrecken hat mich fast der Schlag gerührt!

Paul.
Welch ungeschlachter Lümmel mag denn da
An unserm Thore klopfen?

Laura.
                        Mach ihm auf!

Paul.
Fällt mir nicht ein! — Erst will ich einen Kuß!

Laura.
Nun denn — mit allem Willen, wenn ich muß!
    (sie küssen sich, dann Paul ab.)

2. Auftritt. Laura allein.
Laura.
Es ist ein netter Junge, meiner Treu!
Und herzhaft ist er, nicht so'n furchtsam Ding,
Wie Michel Hase, mein Verlobter, war,
Der kaum es wagen mochte, mich zu küssen. —
Der blöde Thor! — Kommt er mir je zurück,
Wie will ich ihn mit Spott des Weges weisen!
Denn wer ein sprödes Herze will bezwingen,
Nicht zaudern darf er, muthig vorzudringen!

3. Auftritt.
Laura, Paul, Hieronimus.
Hieronimus.
Mein lieber Junge, sage Deinem Herrn,
Ich wünsche ihn zu sprechen!
Paul.
Nun, dann sucht
Euch einen Jungen aus für Euern Auftrag!
Denn ich bin neunzehn Jahr seit gestern Morgen
Und bin kein Junge mehr!
Hieronimus.
Mein junger Herr,
Verzeiht! Es ist ein Wenig dunkel hier,
D'rum hab ich wohl den Bart an Euerm Kinn
Nicht sehen können. — Doch nun bitt' ich Euch,
Ruft schnell den Grafen Wilhelm, denn ich muß
Ihm eine wicht'ge Nachricht überbringen!
Paul.
Von seinem Liebchen wohl?
Hieronimus.
Das eben nicht!
Paul.
Dann eilt es nicht. (bei Seite) Der unverschämte Pfaff!
(geht langsam nach links ab.)

4. Auftritt.
Hieronimus und Laura.
Hieronimus.
Du schönes Mädchen, bist Du auch so stolz
Wie dieser Page?
Laura.
Nun — ich bin es wohl,
Wenn mir ein Uebermüth'ger Anlaß gibt.
Hieronimus.
Sei nur nicht schnippisch! denn so schön Du bist,
Noch schöner wird die Freundlichkeit Dich machen.
Wir müssen Freunde werden, denn ich bleibe
Für's Nächste hier auf diesem Schlosse wohnen.
Die bösen Bauern haben unser Kloster
In Brand gesteckt, nachdem sie's ausgeplündert
Und uns mit leeren Taschen fortgeschickt.
Laura.
Wenn Ihr nur Messe lesen könnt und beten,
Dann seid Ihr schlimm daran!
Hieronimus.
O nein, mein Kind!
Ich gehe heim zu meiner alten Mutter,
Die einen Kram- und Käseladen hat,
Und mach's wie andre: nehme mir ein Weib
Und hänge die Kapuze an den Nagel!
Laura.
Das läßt sich hören! Doch — Herr Kapuziner —
Habt Ihr auch schon ein Schätzchen Euch erwählt?
Hieronimus.
Bis jetzt noch nicht, doch wenn ich eine finde
So schön wie Du, die mich zum Manne will,
Die soll mich haben!
(er erfaßt ihre Hand und zieht sie an sich; in diesem Augenblick
Pochen gegen das Thor.)

Laura (zusammenfahrend).

Ach, du großer Gott!
Da klopft schon wieder jemand an das Thor!
Der hätte wohl noch etwas warten können!
(sie macht sich los und geht links ab.)

5. Auftritt.
Hieronimus; Wilhelm und Paul (von links).

Wilhelm (im Eintreten zu Paul).
Geh eilig hin, das Thor zu öffnen, Paul,
Sonst geht's in Trümmer!

Paul.

Wahrlich, dieser Gast
Klopft darauf los, als wär's der böse Feind!
(rechts ab.)

6. Auftritt.
Vorige, ohne Paul.

Wilhelm.
Nun, frommer Mann — was habt Ihr mir zu melden?

Hieronimus.
Seid Ihr der junge Graf?

Wilhelm.

Ihr habt's errathen!

Hieronimus.
Dann bring' ich Euch von Euerm Vater Grüße!

Wilhelm.
Von meinem Vater? Ach, das freut mich sehr!
Habt Ihr in Palästina ihn gesehn?

Hieronimus.
Nein, wenig Meilen weit von hier im Walde;
Doch seht! da kommt sein Diener schon!

Wilhelm.

Bei Gott!
Das ist ja unser alter Michel Hase!

7. Auftritt.

Vorige. Laura tritt von links mit einem Armleuchter ein, Michel von rechts.

Michel (auf Wilhelm zueilend und dessen Hand küssend).
Grüß Gott, mein lieber junger Herr! Ach, endlich
Ist nun mein Wunsch erfüllt, und alle Noth
Und Angst, die ich erlitten, ist vergessen!
Wie freu' ich mich, daß ich Euch wiedersehe
Und diese alte Burg! (Laura erblickend) Ha! meine Laura!
Komm an mein Herz! Wie hab' ich in der Ferne
Nach Dir geschmachtet!

Laura.
Michel! mein Verlobter!
(Umarmung.)

Michel (zieht eine verwelkte Rose, einen Feldstein und eine riesige Muschel aus der Tasche).
Sieh, diese Rose hier von Jericho
Und diesen Kieselstein vom heil'gen Grabe
Und diese Muschel aus Damaskus habe
Ich Dir, Du holdes Wesen, mitgebracht!

Laura.
Fast wäre mir ein gülden Kettlein lieber —
Doch komm! erzähle mir von Deiner Reise!

Wilhelm.
Wo bleibt mein Vater? Hat er Dich vielleicht
Vorausgeschickt?

Michel.
Er folgt mir auf dem Fuße.
(im Abgehen) Ach, Laura! Vieles kann ich Dir erzählen,
Doch eins muß ich verschweigen — heil'ger Anton!
Dort kommt er schon — laß uns geschwind hinweg!
(mit Laura links ab.)

8. Auftritt.

Vorige ohne Laura und Michel. Conrad tritt ein und lehnt sich in innerem Seelenkampfe an den Thürpfosten. Er trägt ein Pilgergewand, langen Stab und breiten Hut. Paul, der ihm folgte, betrachtet ihn aufmerksam.

Paul.
Seid Ihr der Wirth nicht aus der Schenke unten?
Wozu der Mummenschanz?

Conrad (zusammenfahrend mit heiserem Lachen).
Ich bin kein Wirth!
Ein Pilger bin ich aus dem heil'gen Lande!

Wilhelm (ihn umarmend).
So kommst Du endlich wieder, lieber Vater!

Conrad (mit mühsam erzwungener Haltung).
Sei mir gegrüßt, mein Sohn!

Paul (zu Hieronimus).
Herr Pater, kommt!
Hier sind zwei Menschen mehr als nöthig sind!

Hieronimus (mißtrauisch auf Conrad blickend).
Ja, junger Freund, wir wollen hier nicht stören!
(Paul und Hieronimus links ab.)

9. Auftritt.
Wilhelm und Conrad.

Wilhelm.
Mein Vater — bist Du krank? — Du bist so bleich,
Und Deine Augen glühen wie im Fieber!

Conrad (starr ins Leere sehend).
Hinweg! Du Grau'ngestalt — was wehrst Du mir!?

Wilhelm (besorgt).
Komm, lieber Vater, lege Dich zur Ruhe!

Conrad (sich gewaltsam fassend).
Ich bin nicht krank, mein Sohn! Die lange Reise,
Des Tags die Sonnenhitze und des Nachts

Der Thau des Waldes haben meinem Körper
Die alte Kraft geraubt, so daß ich oft
Gestalten sehe, die mein Geist erdenkt —
Das geht vorüber! — Ha! — da ist er wieder!
    Wilhelm.
Welch böser Geist ist über Dich gekommen!
    Conrad (ein Lächeln erzwingend).
Nein — Geister gibt es nicht! — es ist kein Geist!
    Wilhelm.
Es läuft mir eisig über meinen Rücken —
Vor Wahnsinn schütze ihn, Du güt'ger Gott!
   Conrad (sich erschöpft auf einen Stuhl niederlassend).
Es wird mir besser! Lach mich aus, mein Sohn!
Recht närrisch war es! — Doch, es ist vorbei!
Komm, setze Dich an meine Seite nieder,
Erzähle mir, wie Dir's ergangen ist,
Und was es Neues gibt auf unsrer Burg!
   Wilhelm (setzt sich nach einigem Zögern neben ihn).
Vor einem halben Jahre starb mein Lehrer,
Der Burgkaplan — doch morgen ist noch Zeit,
Um alles zu erzählen. Leg Dich nieder,
Mein lieber Vater, Dir thut Ruhe noth!
    Conrad.
Erzähle weiter! Mir ist völlig wohl!

    10. Auftritt.
Vorige, Paul und Bediente, die eine mit Weinkrügen, Früchten ꝛc.
   besetzte Tafel hereintragen.
    Wilhelm.
Ich danke Dir, mein Paul! (zu Conrad) Du kennst ihn doch?
Du brachtest ihn von einer Fehde heim.
    Conrad.
Sei mir gegrüßt! Kaum hätt' ich Dich erkannt,

So groß bist Du geworden unterdessen!
Dein Vater war mein Freund; an meiner Seite
Litt er den Heldentod; Dir starb die Mutter
Zur gleichen Zeit — ich hab' es nicht vergessen!
Paul (der bis dahin noch scheu und mißtrauisch war, ergreift nun lebhaft Conrad's Hände, sich auf ein Knie niederlassend).
Ihr habt mir nicht das Leben nur gerettet,
Ihr schufet mir ein neues Vaterhaus;
Nicht kann ich's je vergelten, doch mein Leben,
Es sei fortan zu Euerm Dienst geweiht!
   Conrad (bewegt ihn abwehrend).
Du schuldest keinen Dank — geh hin, mein Sohn!
Es war nur Christenpflicht, was ich gethan!
(Paul ab.)

11. Auftritt.
Conrad.
Die Bilder der vergangnen Zeit, sie stürmen
Mit Allgewalt auf mich herein. Der Friede,
Den ich im fremden Land gefunden, schwindet,
Da ich die Heimath wieder vor mir sehe.
Verlaß mich nun auf kurze Zeit, mein Sohn,
Nach Einsamkeit verlangt mein müder Geist!
Wilhelm.
Ich folge Deinem Wunsch, leb wohl indessen!
(geht nach links ab, sich an der Thür nochmals besorgt umsehend.)

12. Auftritt.
Conrad (zusammensinkend).
Wie glüht es mir im Kopf! — Es schüttelt mich
Wie Fieberfrost! — In dieser Burg verlebte
Ich einst der Jugend goldnen Traum — er schwand! —
In nebelgrauer Ferne liegt er nun. —
Bin ich der Knabe wirklich, der hier spielte?
Ha! Durch dies Fenster sprang mein Weib hinab! —

Mein Weib! — Gerächt sind all die Nächte,
Die ich in übermenschlich großem Schmerz
Mit brennend trocknem Auge einst durchwachte!
Das Blut des Bruders hat es ausgelöscht.
Was preßt mir so die Brust zusammen? — Luft! —
Hat heil'ge Rache nicht mein Schwert gezückt? —
Und daß ich, unsre Aehnlichkeit benutzend,
Mich vor Verfolgung sichre und der Tochter
Ein freundlich Glück für ihre Zukunft schaffe —
Wer will mir's wehren? — Niemand weiß es ja,
Daß Mord und Trug mir diesen Platz erworben. —
Als mich der Diener nach der That erreichte,
Sah er erschrocken mir ins Angesicht,
Als ahne er die That — ihn fürcht' ich nicht —
Wenn nur die Augen meines tobten Bruders
Mit ihrem starren Blick mich nicht verfolgten!
Was hab' ich denn gethan? Ich habe nur
Sein spärlich flackernd Lebenslicht zerstört,
Gleich einer Kerze, die der Wind verlöscht! —
Welch flüchtig Ding ist unser Leben doch! —
Der Wolke gleicht es, die der Sturm verjagt —
Wir wissen nicht, woher es kommen mag,
Noch wie es schwindet — nur ein Schlag des Schwertes,
Dann ist's so gut, als sei es nicht gewesen! —
Und unsre Seele — kann sie noch bestehn,
Wenn nicht die Sinne, ihre Diener, mehr
Von einer bunten Welt ihr lügen können?
Wer mag es sagen? Keine Kunde führt
Aus jenem unerforschten Land zurück.
(er ergreift einen Dolch, wirft ihn aber gleich bei Seite.)
Ein Stoß von Dir — dann würd' ich alles wissen —
Vielleicht auch nicht — Vernichtung starrt mich an! —
Nur eine trügerische Brücke baut
Der Glaube uns gleich einem Regenbogen.

Wohl jenem, dem der Geist des Zweifels nicht
In stillen Stunden an der Seele rüttelt
Wie Wintersturm, so daß die bunten Blüthen
Des frommen Glaubens und der Phantasie
In alle Winde fliegen und entblättert
Und hoffnungslos, gleich einem dürren Baum,
Zum leeren Himmel auf die Seele blickt.
(er stürzt hastig einen Becher Wein hinunter und sinkt dann wieder
auf den Sessel zurück.)

13. Auftritt.

Näherkommendes Schreien der Bauern aus der Ferne. Durch das
Fenster sieht man Fackelschein. — Conrad, Wilhelm.

Wilhelm (eilig hereinkommend).
Die Fluth des Aufruhrs, der durch Deutschland tobt,
Erreicht auch unser Schloß; es naht sich heulend,
Der Meeresbrandung gleich, ein Strom von Bauern.
(nach dem Fenster zeigend.)
Sie nahen schon! sieh dort die Fackelbrände,
Die unser Schloß in Flammen stecken werden!
(er tritt in die Nische.)

Conrad.
Ich glaube fast, mein Sohn, Du fürchtest Dich
Vor jenen Bauernhaufen?

Wilhelm.
Nein, gewiß,
Das thu' ich nicht! Doch sieh hinaus, mein Vater,
Wie können wir uns dieser Menge wehren?

14. Auftritt.
Vorige, Paul.

Paul.
Es ziehen Bauernschaaren vor die Burg
Und fordern stürmisch Einlaß. Schreiend schwingen
Sie Fackeln, um die Burg in Brand zu stecken,

Wenn wir uns weigern, ihnen zu willfahren.
Soll ich die Burgkanonen auf sie richten?

15. Auftritt.
Vorige, Michel.

Michel.
O wär' ich doch 'ne Wespe! Großer Gott,
Mach mich zur Wespe! Ach — vor Schreck und Angst
Bring ich kein Wort heraus! — Mein gnäd'ger Herr —
Der Thomas Münzer — hole ihn der Teufel! —
Will Einlaß haben! — Ach Du heil'ger Jakob,
Könnt' ich nur fliegen! Diese Teufelsbauern,
Sie werden uns an ihren Spießen rösten!
O armer Michel Hase!

Conrad (ruhig).
Thomas Münzer?
Ich will ihn sprechen! Wilhelm, laß ihn ein!
Geht Ihr hinweg, laßt mich mit ihm allein!
(alle ab, außer Conrad.)

16. Auftritt.
Conrad allein.

Conrad (ihnen nachsehend).
Was Euch mit innerlicher Furcht erfüllt,
Gibt mir die alte Ruhe plötzlich wieder.
Vor Thomas will ich meine Maske lüften —
Er wird mich nicht verrathen. Wie das Volk
Dort unten tobt! Der Löwe hat den Käfig
Zertrümmert, und in fürchterlicher Wuth
Zerreißt er jene, die bisher ihn quälten.

17. Auftritt.
Münzer tritt ein, von bewaffneten Bauern begleitet, welche Fackeln tragen.

Conrad.
Was fordert Ihr von mir?

Münzer.

Du sollst beschwören,
Der Bauern Sache immerdar zu fördern; —
Laß Deine Mannen unserm Zuge folgen,
Gib uns die Hälfte aller Deiner Waffen
Und lasse Deine Burg von uns besetzen,
Damit wir Deiner Treue sicher sind.

Conrad.

Das will ich thun!

Münzer (ihn nach dem Vordergrund führend).

Was muß ich sehen? Conrad!
Bist Du es denn mein alter alter Freund? Beim Himmel!
Ich hätte hier Dich nimmermehr vermuthet. —
Wie kamst Du in das Lager Deines Feindes?

Conrad.

Du weißt es, Thomas, wie mein Bruder einst
An mir gehandelt hat — ich schlug ihn todt!

Münzer.

Und nun?

Conrad.

Ich nutzte es, daß ich ihm ähnlich sehe,
Und zog an seiner Statt in diese Burg.

Münzer.

Das ist ein kühn Beginnen, lieber Freund,
Doch will ich nicht mit Dir darüber rechten!
Du hast es uns erspart, ihn zu bestrafen
Und hoffentlich wird Dich der Grafentitel
Der guten Sache nicht entziehen!

Conrad.

Nein!
Ich bleibe Dir mit Gut und Blut ergeben
Und wenn sich einst Dein Schicksal ändern sollte,

Wird diese Burg Dir eine Zuflucht sein! —
Doch wünsch' ich Dir, daß Du es nie bedarfst!
     Münzer.
Wir stehen alle in der Hand des Herrn!
In wenig Tagen muß es sich entscheiden,
Ob Tyrannei, ob Freiheit herrschen soll. —
Leb wohl indessen! Sehen wir uns wieder,
Sind wohl die Ketten alter Sklaverei
Durch uns zersprengt, und strahlend helles Licht
Durchdringt die Finsterniß verjährter Dummheit! —
Wenn Du mich wiedersiehst, bin ich entweder
Zerschmettert in dem tiefsten Abgrund, oder
Als Kaiser thron' ich an des Reiches Spitze.

     Vorhang fällt.

3. Aufzug.

Waldrand. Im Hintergrund Aussicht auf Schloß Gehofen und das darunter liegende Dorf. Vorn inmitten der Bühne ein Eichbaum mit einer Bank darunter.

1. Auftritt.
Hieronimus und Michel sitzen auf der Bank.

Hieronimus.
Es ist doch schön, so durch die Welt zu streifen!
Ich hätte gerne Euch begleiten mögen.

Michel.
Das wünsche nicht, mein Freund! Du weißt es nicht,
Wie unermeßlich groß die Erde ist.
Da wandert man und wandert immer zu
Und sieht kein Ende!

Hieronimus.
Hast Du keinen Sinn
Für all das Schöne, was Du täglich sahest?

Michel.
Ach — sprich mir nicht davon! Was sah ich denn?
Was ich gesehn, war nichts als lauter Gegend
Und Menschen, Vieh und Kräuter d'rin herum. —
Hier ist doch auch 'ne Gegend und wahrhaftig

Ein ander Ding als jene sand'gen Wüsten,
In denen mich der Durst beinah getödtet,
In denen Löwen, Schlangen und dergleichen
Verfluchtes Ungeziefer uns verfolgte,
Sodaß die Todesangst mich nie verließ. —
Dagegen sieh dies wunderschöne Thal!
O glaube mir, wenn man es draußen kennte,
Die ganze Menschheit kaufte hier sich an!

Hieronimus.

Du bist ein närr'scher Kerl! Doch sage mir,
Was zog Dich wohl am Meisten wieder her?

Michel.

Zunächst das Dünnbier, das der Conrad Franke
So unvergleichlich herrlich weiß zu brauen.
Ich hätte im arab'schen Wüstensande
Ein halbes Königreich darum gegeben,
Wenn dort dergleichen Stoff gewesen wäre.

Hieronimus.

Das also war Dein höchstes Ideal?

Michel.

Und außerdem nach Laura, unsre Köchin!

Hieronimus (heftig).

Unsel'ger Hund! was hast Du da gesagt?

Michel (erschrocken).

Nun, sei nur nicht so grob! Du weißt es doch,
Wie solch ein Schrecken mir zuwider ist!
Was geht Dich's an, wenn ich die Laura liebe?
Du bist ein Pfaff und kannst sie doch nicht freien.

Hieronimus.

Und wenn ich nun auf den Gedanken käme,
Die Kutte auszuziehn und Deine Laura
Zu meiner Frau zu machen?

Michel.
                    Tod und Hölle!
Das könnte fürchterliche Folgen haben!
Hieronimus.
Du würdest mich gewiß zum Zweikampf fordern?
Michel.
Nein — meiner Seel! das wollt' ich bleiben lassen!
Ich würde Euch verfluchen und alsdann —
Mir eine Andre nehmen!
Hieronimus.
            Nun wahrhaftig! —
Du weißt Dein Schicksal wie ein Mann zu tragen.
Michel.
Euch macht es Spaß, mich zu erschrecken. — Seht! —
Dort kommt der junge Graf mit seinem Schatz!
Hieronimus.
Dann wollen wir uns in den Wald begeben —
Wir sind dann ungestört und jene auch!
Michel.
Nein — meiner Seel! ich geh nicht in den Wald.
Wenn ich der Angst gedenke, die ich gestern
Dort ausgestanden habe, sträubt sich mir
Das Haar empor!
Hieronimus.
            Was war Dir da begegnet?
Michel.
Vom vielen Laufen war ich wie gerädert
Und blieb zurück, indeß mein guter Herr
Trotz meiner Bitten eilig vorwärts schritt.
Nun war ich in dem dunklen Wald allein —
Ach! — diese Angst! — Hier in der Nähe traf
Ich wieder meinen Herrn. Er sah mich an
So sonderbar, daß ich ihn kaum erkannte,

Mit einem solchen furchtbar wilden Blick,
Daß seine Augen in dem Dunkel glühten,
Und zuckte mit dem Schwert, als wollt' er mich
Ermorden.
             Hieronimus (lachend).
             Komm! Du bist ein rechter Narr!
Dir malt die Angst beständig Schreckgespenster.
(nimmt ihn beim Arm und führt ihn halb gewaltsam in den Wald.)
             Michel.
Ach Freund, wenn jemals Dir die Todesfurcht
Die Kehle schnürt, dann denk an mich zurück!
Kein größer Uebel gibt es als die Angst!
                                      (beide ab.)

             2. Auftritt.
Wilhelm und Helene treten auf und lassen sich auf die Bank nieder.
             Wilhelm.
Was Du erzählst, erfüllt mich mit Entsetzen,
Und kaum vermag ich meinen Vater noch
Zu lieben wie bisher.
             Helene.
                    So denk ich nicht!
Ich werde meinen Vater dennoch lieben,
Wenn schwere Schuld auf seinem Haupte ruht;
Denn sieh, er ist mir theurer fast als Du!
Verlasse mich! Ich bin es ja nicht werth,
Daß Du so grenzenlos mich liebst, denn ach,
In meinem Innern brennt verzehrend Feuer,
Und Du bist fromm und gut — in Deinem Blick
Liegt Deine unschuldsvolle treue Seele!
             Wilhelm.
Ja, blick hinein! Nur Liebe wirst Du finden.
Der Inhalt bist Du meines ganzen Lebens!
             Helene.
Noch schwebt das Unheil drohend zwischen uns,

Noch thürmen die vergangnen Zeiten sich
Gebirgen gleich vor unserm Glück empor!
Wilhelm.
Sie sind zu übersteigen! — Seit mein Vater
Den Segen geben will zu unserm Glück
Und so die alte Schuld zu tilgen sucht,
Vermag ich keine Schranken mehr zu sehen.
Helene.
Zuvor muß er von seiner Fordrung lassen:
Ich soll ihm früher nicht entgegentreten,
Bis uns der Kirche Band vereinigt hat —
Ich aber will ihn sehn — ich sage Dir:
Ich muß ihn sehn!
Wilhelm.
      Helene, stelle nicht
Durch diese Fordrung unser Glück aufs Spiel!
Helene.
Mein Vater ist seit gestern Abend nicht
Nach Haus gekommen. Wenn er wiederkehrt,
Will ich ihn auf den Knieen darum bitten,
Daß er den alten Groll und Haß vergißt —
Doch eine fürchterliche Ahnung schwebt
Vor meinem Geist! — Du weißt, wie ich Dich liebe!
Das Liebste bist Du mir in dieser Welt
Und dennoch — wenn die Ahnung Wahrheit wäre —
Ich müßte Dich verstoßen! Meine Lippen —
Sie würden Dir und Deinem Vater fluchen!
Wilhelm.
Halt ein, Helene! Welche wilden Worte
Entströmen Deinem Mund! Welch Feuer lodert
In Deinem dunklen Auge plötzlich auf!
Was ist's Geliebte, was Dich so bewegt?

Helene.
Nicht soll mir feiger Muth die Zunge binden!
Ich will Dir nichts verschweigen! Höre denn:
Durch jenen Mönch, der Dir die Botschaft brachte,
Dein Vater kehre auf sein Schloß zurück,
Erfuhr sie auch der meine, und alsbald
Entlodert' die zurückgehaltne Rachsucht
In hellen Flammen auf; die alte Schande,
Er wollte sie mit einer blut'gen That
Vernichten.
Wilhelm.
Ha! er wollte meinen Vater
Ermorden!
Helene.
Ja! mit seinem Schwerte schritt
Er diesem Walde zu und ist seitdem
Nicht mehr gesehen. — Kehrt er nicht zurück,
Entgegen tret ich Deinem Vater dann
Und frage ihn, ob er der Mörder ist —
In seinem Blick will ich die Antwort lesen,
Und wenn er schuldig ist, dann wehe ihm
Und Dir und mir!
Wilhelm.
Helene! welcher Geist
Ist über Dich gekommen? Ich vermag
Dich nicht mehr zu verstehn — ein fremdes Wesen
Bist Du geworden!
Helene.
Wilhelm, fliehe mich!
Ich fühl's, ich kann Dich niemals glücklich machen,
Mein Geist ist wild bewegt wie Flammenbrand,
Du wirst mich nie verstehn — entfliehe Du!
Dem jähen Abgrund treibt es mich entgegen —
Wenn Du mir folgst, stürz'st Du mit mir hinab!

Wilhelm.
Und wär's mein Tod — ich kann von Dir nicht laſſen!

3. Auftritt.
Vorige, Michel, der athemlos gelaufen kommt.

Michel.
In jeden Freudenbecher ſchüttet mir
Der Teufel Wermuth! — Ach, mein lieber Herr! —
Ich ging gemüthlich in dem Wald ſpazieren
Mit meinem Freund — da ſeh ich durch die Büſche
Ein bleiches Menſchenhaupt! — Ach, gnäd'ger Herr —
Daß ich noch lebe, iſt ein wahres Wunder! —
Ein todter Mann lag im Gebüſch, und wahrlich,
Wenn mich der Teufel nicht geblendet hat,
So war's der Vater Eurer Braut!

Helene.
Mein Vater?
Gerechter Gott!

Michel.
Es hat der Mönch zwei Bauern,
Die juſt ſich Holz im Walde holen wollten,
Herbeigerufen — ach — ich eile fort!
Ich hab' nicht Luſt, ihn noch einmal zu ſehen!
(eilig ab.)

4. Auftritt.
Vorige, ohne Michel.

Wilhelm.
Helene! faſſe Dich!

Helene.
Ach Gott! nun iſt
Mein ganzes Lebensglück vernichtet!

Wilhelm.
Nein!
Laß Dich nicht niederſchmettern von dem Schlage,

Komm, richte Dich an mir empor, Helene!
Laß mich die Stütze Deines Lebens sein!
Wir wollen die Vergangenheit begraben
Und glücklich sein! — Wenn Du mir bleibst, Helene,
Dann darf das Schicksal alles mir entreißen!
    Helene.
Es ist zu spät! Wir sind uns nicht beschieden!
Dein Vater ist der Mörder meiner Eltern! —
Hinweg von mir! Verschwunden ist die Liebe,
Und nur der Rache blutige Gestalt
Taucht unheilvoll vor meinem Auge auf!
    Wilhelm.
Dann ist die wahre Liebe Dir versagt!
Die Liebe duldet alles und verzeiht! —
Wie magst Du nur den weiblich milden Sinn
In Haß verwandeln?
    Helene.
      Ja! ich liebte Dich! —
Doch gegen dieses Hasses Allgewalt
Ist meine Liebe schwach! Laß mich allein!
Laß mich den ungeheuern Seelenschmerz
Im öden Wald den starren Felsen klagen —
Die werden mich verstehen! — Flieh hinweg!
Es reißt ein grauenvolles Schicksal mich
Von Deiner Seite!
    Wilhelm.
      Banges Grauen füllt
Die Seele mir! Du bist Helene nicht —
Du trittst mir fremd und fürchterlich entgegen!

    5. Auftritt.
Vorige, Hieronimus mit zwei Holzhauern, welche auf einer Bahre
 von Baumästen eine von einem Mantel bedeckte Leiche tragen.

Helene (ihnen entgegentretend, ruhig mit allmäliger Steigerung).
Setzt diese Bahre hin!

(sie kniet und schlägt den Mantel vom Gesicht der Leiche zurück.)
                                             Du theurer Vater!
Für immer ist dies Auge nun erloschen
Und dieses Leben, das so wenig Freuden,
So unermeßlich großen Schmerz Dir brachte,
Es ist verweht, so wie ein banger Traum
Des Morgens flieht. Es war mir nicht vergönnt,
Den tiefen Schmerz, der Deine Seele quälte,
Hinwegzunehmen. Sorgsam schlossest Du
Die Seelenqualen in die eigne Brust.
Du wolltest nicht den Schatten Deines Kummers
Auf meine Seele werfen! Ach, ich weiß,
Daß ich Dein Alles auf der Erde war,
Daß niemand sonst Dich liebte, seit Dein Weib
Gemordet ward, und daß Du alle Liebe
Des reichen Herzens mir allein geweiht! —
Wie einsam standest Du mit Deinem Schmerz!
Die Blumen Deines Lebens wurden Dir,
Bevor sie aufgeblüht, zerstört — und ach! —
Vom eignen Bruder, der Dich nun erschlug!
Mir bleibt die Erbschaft Deines Grames nur
Und Deiner Rache! — Ja, ich schwöre Dir:
Bei aller Liebe, die Du mir geweiht,
Bei allen Thränen, die Du je vergossen —
Dich will ich an dem Bruder furchtbar rächen!
Den frommen Sinn des Weibes schleudr' ich fort,
Zum Opfer bring ich alles Lebensglück —
Doch Deinen Mörder werde ich vernichten!
     (sie erhebt sich und geht schwankend an Wilhelm vorüber).
Ach! warum bin ich nur ein Weib!

           Wilhelm (in schmerzlicher Bewegung).
                                             Helene!

              Helene.
Zurück! Wir sind für alle Zeit geschieden!

6. Auftritt.
Vorige, ohne Helene.

Wilhelm (auf die Bank sinkend, tonlos:)
Das ist mein Todesurtheil!
Hieronimus (legt ihm wohlwollend die Hand auf die Schulter).
Nein, Herr Graf! —
So dacht' ich auch, als mich mein Lieb verließ,
Und ging ins Kloster. Hätt' ich eh'r gewußt,
Wie bald ein solcher Schmerz vorübergeht,
Die braune Kutte hätt' ich nie getragen.
Vertraut der Zeit! Sie lindert alle Wunden,
Sie tödtet Schmerz und Freude, Haß und Liebe
Und schließlich auch uns selbst; d'rum blickt empor!
Der Jugend und dem Muth gehört die Zukunft! —
(zu den Trägern:)
Ihr Leute kommt! Wir wollen weiter gehn!
(alle ab außer Wilhelm.)

7. Auftritt.
Wilhelm allein.

Wilhelm.
Für alle Zeit geschieden! Sprach sie so?
War's nicht das Laub, das in dem Walde rauschte?
Mir ist es dumpf und schwer vor meiner Stirn —
Wohl hab ich's nur geträumt, daß sie mich liebe,
Und bin erwacht? — Ach! grau und trostlos liegt
Das Leben vor mir; all die Blüthenpracht
Ist welk geworden, und des Todes Hauch
Weht eisig durch den Garten meiner Liebe.
Zu Gräbern wandeln sich die Rosenbeete —
Mit einem Wort — mit einem einz'gen Wort
Ist meine Jugend, ist mein Glück gemordet.
(er versinkt in düsteres Hinbrüten. Aus der Ferne hört man näher=
kommende Trommeln und Trompetensignale.)

8. Auftritt.
Wilhelm, Paul.

Paul.
Es ist mir lieb, daß ich Dich finde, Wilhelm!
Der Landgraf Philipp naht mit seinen Truppen.
Nach Frankenhausen ist er auf dem Marsch,
Um gegen Thomas Münzer dort zu kämpfen.

Wilhelm.
Was soll das mir?

Paul.
Du hattest oft gewünscht,
Den edlen Hessenfürsten zu begrüßen;
Und da sich die Gelegenheit Dir bietet,
Willst Du's versäumen? Doch — was ist mit Dir? —
Wie rollen wild und unstät Deine Augen?
So muß der Blick des Wahnsinns sein!

Wilhelm.
Des Wahnsinns! —
Ja! nahe steh' ich an dem dunklen Rande,
Der in die Nacht des Geistes führt; ich habe
Den Inhalt meines Lebens eingebüßt. —
Was soll mir die Vernunft? — Wir sind geschieden! —
Helene! — All mein Thun und Denken rankte
Sich um den einen Namen!

Paul.
Ich verstehe!
Dir wird es wohl wie mir ergangen sein;
Betrogen bin auch ich von einem Mädchen! —
Ich traf vorhin sie bei dem Kapuziner —
Es war 'ne Lust, wie sie sich küßten! — Ha!
Wär's keine Schand', ich hätte ihn geprügelt
Und sie dazu! Ich sehne mich nach Kampf,
Um jenes falsche Wesen zu vergessen!

Laß uns dem Heere folgen, lieber Bruder!
Wenn die Kanonen donnern, wird uns wohler!
Wilhelm.
Ja, in den Kampf! Das ist ein Ort für mich!
Beim Donnern der Geschütze, bei dem Klingen
Der Schwerter halt' ich Hochzeit mit dem Tod!
Das wird ein lust'ges Fest! Geh hin, mein Freund,
Und melde mich dem Fürsten!
Paul (ihn umarmend).
Lieber Wilhelm!
Wir wollen treue Waffenbrüder sein!
Dort, wo der Tod die reichste Ernte hält,
Da soll man unsre Schwerter leuchten sehn!

(ab.)

9. Auftritt.
Wilhelm allein.
Wilhelm.
Du meiner Väter Burg, du stilles Thal
Und Du, Helene, — lebt auf ewig wohl! —
Das Band, das die Vergangenheit und Zukunft
Verbindet, will ich mit dem Schwert durchschneiden!
Nicht wie ein Feigling will ich dieses Leben,
Weil's schaal und leer geworden, von mir werfen —
Nein, für die Rettung meines Vaterlandes
Will ich's verkaufen gegen Feindesblut!
Mit frohem Blick will ich den Tod umarmen!

10. Auftritt.
Wilhelm, Paul, dann der Landgraf. Die Marschmusik schweigt.
Paul (zurückkommend).
Dort naht der Landgraf schon!
Philipp (noch hinter der Szene).
Hier haltet still!

An jenem Abhang lagert Euch indessen!
(er tritt vor.)
Sei mir willkommen, junger Freund! Mit Freuden
Vernehm ich Dein Erbieten. Solche Männer,
Wir können sie in unserm Kampfe brauchen!
Es handelt sich darum, die vielen Früchte
Jahrtausendalter Bildung zu erhalten,
Denn Untergang droht allem, was besteht!
Es ist ein Ringen mit dem Antichrist
Und folgenschwer ist unsre nächste Schlacht!
    Wilhelm.
So nehmt mich hin mit allen meinen Kräften!
Dem Vaterlande will ich treulich dienen
Und wo am größten die Gefahr, wo Tod
Und Untergang von allen Seiten drohen,
Da stellt mich hin, da laßt mich untergehn —
Ich habe die Vergangenheit begraben —
Es bindet nichts mich an das Leben mehr!
    Paul.
Auch mich verachtet nicht, so jung ich bin! —
Wär' meine Kraft gewaltig wie mein Muth,
Die ganze Welt möcht' ich zum Kampfe fordern!
    Philipp.
Reicht mir die Hand! — Wir werden Freunde sein!
    (zu den Truppen).
Die Trommeln rührt, laßt Eure Fahnen fliegen!
Und kühn voran zum Sterben oder Siegen!
(er zieht sein Schwert. Die Musik fällt ein. Der Vortrab des
  Heeres marschirt über die Bühne.)

    Vorhang fällt.

4. Aufzug.

Im Lager der Bauern bei Frankenhausen. Im Hintergrund die mit Wachen besetzte Mauer der Wagenburg. Davor rechts ein dieselbe überragender Felsblock. Vorn, links das Zelt Münzer's. Morgendämmerung.

1. Auftritt.

Im Hintergrund mehrere Gruppen um Wachtfeuer gelagerter Bauern, welche würfeln, Karten spielen, trinken und in Kesseln rühren. In der vordersten Gruppe befindet sich Jörg und Hannes. Thomas Münzer sitzt gedankenvoll vor seinem Zelt. Hinter der Szene Trommelsignale.

Münzer.
In wenig Stunden muß es sich entscheiden,
Und die Erwartung liegt gewitterschwül
Auf meiner Seele. Wer es doch vermöchte,
Den Schleier zu durchschauen, der die Zukunft
Vor unserm Blick verbirgt! All meine Pläne
Sind dem verwegnen Spiel des Würflers gleich,
Der alles setzt auf einen einz'gen Wurf,
Um unermeßlich zu gewinnen, oder
Um seine ganze Habe zu verlieren! —
Wer mir es sagen könnte, ob das Glück
Mich heben wird zum Gipfel meiner Wünsche,
Ob es mit meinen Plänen mich vernichtet? —
Doch niemand kann der Zukunft dunkles Reich
Mit einem einz'gen Blitze nur erhellen,

Denn unser Ahnen ist ein trügend Bild,
Dem Scheine gleichend, der zum blauen See
Den heißen Wüstensand zu wandeln scheint
Und höhnend nur des armen Wandrers spottet,
Der im Verschmachten schon zusammensinkt. —
Wie fühl' ich mich so klein in dieser Stunde!
Wohin ist die Begeist'rung mir entschwunden,
Die mich zum gottgesandten Boten machte,
Die meine Worte mir wie glühend Feuer
Vom Munde strömen ließ? — Wie bin ich klein,
Wenn ich den riesenhaften Plan betrachte,
Der meinem Geist entsprang! — Um zur Vollendung
Ihn auszuführen, muß kein schwacher Mensch,
Es muß ein Gott vom Himmel niedersteigen.
In einer Hand das Flammenschwert des Zorns,
Den Lilienstab der Liebe in der andern.
Zwei dunkle Augen haben meinen Wahn
Wie Schnee zerschmolzen — eines Mädchens Worte
Vernichteten den Glauben an mich selbst!
Was ich geträumt von meines Geistes Größe,
Es war ein leerer Wahn wie alles Andre! —
Die Schmerzen, die uns foltern, wie die Freude,
Die unser Herz zu schnellen Schlägen treibt —
Sie sind ein Nichts. — Der Menschen bunte Sorgen,
Was kümmern sie mich wohl? Sie sind ein Nichts;
Die ganze Welt ist wen'ger als ein Hauch.
Und ich — was bin denn ich? Ich träumte einst
Ich sei Prophet, ich sei von Gott gesandt —
Und bin nicht mehr wie jeder Wurm im Staube!
(er setzt sich in düsteres Hinbrüten versinkend nieder und geht dann
in das Innere seines Zeltes.)

2. Auftritt.

Vorige ohne Münzer. Abel tritt auf und gesellt sich zu der vordersten Gruppe.

Abel.

Sind unsre Boten noch nicht heimgekehrt?

Jörg.
Nein, Bruder Abel, und ich glaube fast,
Sie werden jetzt an einem Obstbaum hängen.
Der Herzog soll ein kleiner Satan sein!
Abel.
Er ist der größten einer! — Laßt uns ihn
Mit seinem Pfaffenvolke nur erwischen!
Jörg.
Wir wollen sie an einem Feuer rösten
Aus Weihrauch und aus Meßgewändern!
Hannes.
Nein!
Sie sollen Jauche trinken, bis sie platzen.
Jörg.
Sie haben uns geschunden — meiner Six —
Wir machen uns den Spaß und ziehen ihnen
Zuvor das Fell vom Leib wie todten Hasen!
Abel.
Doch erst, Ihr Freunde, müssen wir sie haben!
Jörg.
Da stimm' ich auch dafür!
Hannes.
Der Landgraf Philipp
Ist nicht so schlimm wie unser gnäd'ger Herzog —
Ich schlage vor, den wollen wir aus Gnade,
In Anerkennung seiner milden Seele
Mit einer Donnerbüchse nur erschießen!
Jörg.
Das muß er sich zu hoher Gnade rechnen!

3. Auftritt.
Vorige, Pfeiffer und Barthel.
Abel.
Seht hin! da kommt ja unser lieber Pfeiffer
Mit Barthel ungehängt vom Feind zurück.

Heinrich.
Jetzt gibt es Arbeit, Brüder, wetzt die Sensen,
Die Zeit der Ernte ist herangekommen!
Abel.
Ich hab' mir's gleich gedacht! Es war vergeblich,
Den Löwen aufzufordern, seine Zähne
Sich auszuziehn und seine Klau'n zu schneiden.
Heinrich.
Mit Morgensternen schlagt ihm ins Gebiß
Und mit dem Schwerte schneidet seine Klauen!
Jörg.
Hielt' ihn bei dieser Kur nur jemand fest!
Abel.
Wie war es in dem Lager? Haben sie
Denn nichts auf uns're Schrift erwidert?
Heinrich.
Doch!
Der Sachsenherzog riß sie erst in Stücke
Und warf sie uns zu Füßen.
Abel.
Nun — die Antwort
War deutlich!
Heinrich.
Sagt an, wo ist der Thomas nur?
Abel.
Der hockt im Zelt und brütet Trübsal aus!
Heinrich.
Ein schlechter Zeitvertreib für einen Feldherrn!
(ab ins Zelt.)

4. Auftritt.
Vorige, ohne Pfeiffer.
Hannes.
Nun, Barthel, komm, erzähl' uns von dem Feinde!
Barthel.
Da hat's mir nicht gefallen können, Freund;

Der Landgraf Philipp war mit seinen Truppen
Soeben angekommen, und wahrhaftig,
Als ich die Menge dieser Ritter sah
Und diese langen Reihen von Kanonen,
Da sehnt' ich mich nach meinem Dorf zurück!
    Abel.
Ein Feigling bist Du! Denkst Du nicht daran,
Daß wir ein größres Heer als jene haben?
    Barthel.
Was dieser Schneider muthig ist! — Schwerenoth,
Wenn Du den Wald von Piken, Feuerröhren
Und Schwertern so wie wir gesehen hättest,
Dein Schneidermuth, er wäre längst beim Teufel!
    Jörg.
Auch ich bin mehrstentheils ein tapfrer Mann,
Doch soll der Schwarze mich am Kragen kriegen,
Wenn mir's nicht kalt den Buckel 'nunterläuft,
Wenn ich im Thal die schwarzen Röhren sehe!
    Hannes.
Ja, unsre Sache ist die beste nicht!
Der Luther hat sich von uns losgesagt
Und uns verflucht, als wäre er ein Papst —
Ich halt' sonst große Stücke auf den Luther!
    Abel.
Er ist ein Pfaff wie andre Pfaffen auch!
Ihr thätet besser, Euer Maul zu halten,
Als Eure tapfern Brüder zu erschrecken.
Es gilt! — Wenn Ihr nicht tapfer kämpft, Ihr Lumpen,
Verloren sind Ihr dann wie Judenseelen!
Denkt an die Schlösser, an die reichen Klöster,
Die nach dem Siege unsre Beute sind!
    Jörg.
Dem Esel nützt ein Distelkopf im Leben

Mehr als ein Centner Heu nach seinem Tode —
Wenn wir erschlagen sind, dann brauchen wir
Nichts weiter als den Platz, worauf wir liegen!
Hannes.
Ja, wenn der Krieg so fortging' wie im Anfang,
Wenn's nur beim Morden, Brennen, Plündern bliebe,
Dann möcht ich's treiben bis zum sel'gen Ende,
Doch jetzund wird's allmälig ungemüthlich,
Und, meiner Six — ich wollt, ich wär' zu Hause!
Barthel.
Herr Hauptmann — nix für ungut — darf ich wohl
Dort in den Wald auf zwei Minuten gehn?
Abel.
Dann geh, Du Hund, und laß die Angst im Wald!
Barthel (im Abgehen)
Mich hol' der Teufel, kehr ich je zurück! —
Ich hab genug von dieser Rebellion!

5. Auftritt.

Vorige, dann einige Trompeter, die ein Signal blasen, dann ein
Herold mit weißer Fahne und einer Pergamentrolle, dann Wilhelm,
Paul und einige Ritter. Dann Münzer und Pfeiffer.

Herold (in den Vordergrund tretend, wohin ihm Wilhelm und
und die Andern nachfolgen).
Im Namen der vereinten Fürsten, hört!
(abermaliges Trompetensignal. Die Bauern drängen sich herzu,
Münzer und Pfeiffer treten aus dem Zelte.)
Münzer.
Was geht hier vor? Wazu das Puppenspiel?
Heinrich.
Zerreiß ihm doch sein Pergament, sowie
Der Herzog that!
Münzer.
Ich will das Böse nicht
Durch Böses strafen — lies die Botschaft vor!

Herold.
Kund und zu wissen sei dem Bauernheere,
Daß die vereinten Fürsten ihm den Frieden
Entbieten lassen, wenn sie ihren Führer,
Den Thomas Münzer, in ihr Lager schicken
Und ruhig heim zu ihren Dörfern kehren.
Die Fürsten geben ihnen das Versprechen,
Daß alle ihre Klagen untersucht —
Und wenn sie als begründet sich erweisen —
Nach Fug und Recht entschieden werden sollen!
Wilhelm.
Ihr guten Leute, urtheilt nicht zu rasch!
Dem Landgraf Philipp dankt Ihr diese Milde,
Der Blutvergießen gern vermeiden möchte.
Bedenkt, welch schlimme Folgen Euch erwarten,
Wenn Ihr die Hand, die man Euch helfend reicht,
Mit eitlem Trotz verweigert!
Jörg.   Du! das ist
Ja unser junger Graf!
Hannes.
                    Was er da sagt,
Kann ich nicht tadeln, er hat gut gesprochen!
Wilhelm.
Georg dagegen, Euer Herzog, hat
Geschworen, daß, wenn Ihr den Frieden ausschlagt,
Man die mit Rad und Galgen soll belohnen,
Die an dem Aufruhr Theil genommen haben;
Die Dörfer sollen angezündet werden,
Das Feld verwüstet und die Lasten noch
Verdoppelt.
Jörg.
Ach! — Du heil'ge Marzibille!
Es wär' am besten, Du, wir gäben nach.
Hannes.
Ja, meiner Treu! ich hätte nichts dagegen!

Münzer.
Ihr lieben Brüder! ich bin selbst der Preis,
Um den man Frieden bietet — nun wohlan!
Wenn's Euch genügt, in Euer altes Joch
Geduldig heimzukehren, gebt mich hin!
An meinem Leben ist mir nichts gelegen,
Wenn Euer Glück dadurch gefördert wird!
Nur, wem die Freiheit theurer als das Leben,
Dem kann ich rathen, muthig auszuharren —
Wenn Ihr vermögt, für Euer Ideal
Zu sterben — nun — dann folgt mir in den Tod!
In Eure Hände leg' ich die Entscheidung!
Jörg.
Wozu ein Ideal? Man kann's nicht essen!
Hannes.
Und sich d'rum schlachten lassen? — Sackerlot!
Das Sterben ist ein bitteres Kraut.
Heinrich.
                                Wohlan!
Du legst in unsre Hände die Entscheidung;
So will ich diesen falschen Hunden denn
Mit einer Antwort dienen, die von allen
Gebilligt werden soll!
(er reißt einem Bauern ein Gewehr aus der Hand und schießt auf
              Wilhelm; dieser sinkt um).
Paul (zu ihm niederknieend).
                          Mein Bruder! — ach,
Sie haben Dich ermordet!
Wilhelm.
                              Lieber Paul —
Mir ist nun wohl — so hab' ich mir gewünscht
Zu sterben! Wenn Du in die Heimath kommst,
Sag' ihr, daß ich im Tod sie noch geliebt —
Es ist vorbei! Leb wohl, mein Paul — Helene!
(er stirbt.)

Münzer (zu Pfeiffer).
Was thatest Du? Du hast zur Rückkehr nun
Den letzten Weg zerstört!
Pfeiffer.
Ja! — Gott sei Dank!
Hannes.
Du, Jörg, mich dauert unser Graf!
Er war ein hübscher Kerl und immer freundlich —
Ich wollt', er lebte noch!
Paul.
Mein Bruder! weh! warum verläßt Du mich!
Wie steh' ich nun so einsam in der Welt! (aufspringend)
Und Euch, die Ihr das Heiligste verhöhnt,
Des Himmels Rache möge Euch vernichten!
Mit blutbefleckten Händen wagt Ihr es,
Das Völkerrecht mit Füßen zu zertreten —
Wohlan, so wird man Euch wie Räuberhorden,
Wie wilde Wölfe wird man Euch verfolgen!
Vernichtet sei das Mitleid — keine Gnade
Habt Ihr zu hoffen, wenn wir Sieger bleiben!
Abel.
Schlagt diesen Kläffer todt, Ihr Freunde!
Münzer.
Nein!
Man soll ihn nicht verletzen! Auf dem Schlachtfeld
Seh'n wir uns wieder, fürchte nichts!
Paul.
Es wär' das erste Mal, daß ich gefürchtet! —
Zerbrochen ist der Stab — Ihr Freunde kommt!
(Er geht mit dem Gefolge ab. Die Ritter tragen Wilhelm's Leiche.)

6. Auftritt.
Vorige, ohne Gesandtschaft.
Pfeiffer.
Jetzt gilt es, Freund! Nun raffe Dich empor!
Die Stunde der Entscheidung hat geschlagen!

Münzer.
Ha, nun ich Blut gesehen, kehrt die Kraft,
Die mich verließ, zurück! Nun wird es Ernst!
Ich will die Bauern aus dem Schlafe rütteln,
Den Muth, der ihnen schon zu schwinden scheint,
Zu hellen Flammen will ich ihn entfachen!
(er besteigt den Felsen.)
Pfeiffer.
Herbei, Ihr Brüder, unser Führer redet!
Jörg.
Und wenn er tausend Engelzungen hätte,
Er würde doch die Angst nicht bannen können!
Hannes.
Bei Gott! mir ist es scheußlich flau zu Muth!
Ich denke an mein Weib und meine Kinder.
(die ganze Bühne bedeckt sich mit Bauern, die mit weißen Fahnen, auf denen ein Regenbogen abgebildet ist, und verschiedenartigen Waffen ohne Ordnung herein strömen.
Am Himmel erscheint ein Regenbogen.
NB. Wenn nicht gut auszuführen, kann er als seitwärts sichtbar angenommen werden.

Münzer.
Ihr lieben Brüder, warum zittert Ihr?
Weshalb sind Eure Wangen bleich vor Furcht?
Ist endlich nicht der große Tag erschienen,
Nach dem wir uns seit langer Zeit gesehnt,
Um den wir oft den Himmel auf den Knieen
Mit heißem Flehn gebetet? Endlich ist
Die Stunde da, in der wir unsre Feinde,
Die, Gott zum Hohn, mit Füßen uns getreten,
Vernichten werden, denn es steht geschrieben:
»Die Feinde will ich Dir zu Füßen legen,
Wie alte Töpfe will ich sie zerschlagen'«
Wie David einst den Riesen niederstreckte,
Wie Simson die Philister hat erschlagen,
So werden wir die Fürsten überwinden!

Uns hat der Herr in seinem Wort verheißen,
Daß er im Zorn die Mächt'gen stürzen will
Und den Bedrängten seinen Schutz gewähren!
Das ist ein herrlich tröstend Wort für uns!
Und starren auch der Feuerschlünde Reihen
Gleich offnen Höllenrachen Euch entgegen,
Laßt Euch nicht schrecken! Seht, ich will die Kugeln
Mit meinem Mantel von Euch wehren! Ja,
Der Herr ist mächtig in dem Arm des Schwachen,
D'rum ohne Zaudern stürzt Euch auf den Feind!
Bedenkt, daß ohne Rettung Ihr verloren,
Wenn unsre Feinde siegen! Seht am Himmel
Das Zeichen, das auf Euern Fahnen steht! —
Der Regenbogen über unserm Lager,
Als glücklich Zeichen ist er uns erschienen,
Wie er dem Noah einst erschienen ist!
Der Herr wird Euch beschirmen! Geht dem Feind
Mit frommem Lied entgegen, und zerschmettert
Wird er vor Eurem Schwert zusammensinken,
Sowie die stolze Eiche vor dem Blitz
Zersplittert in den Staub herniedersinkt!
(heftiger Kanonendonner, Trompeten= und Trommelsignale, Geschrei hinter der Szene.)

Pfeiffer.
Mit Münzer für die Freiheit in den Tod!
Die Bauern (ziehen, die Waffen und Fahnen schwingend, über den Vordergrund Gesang:)
Komm heil'ger Geist,
Erfüll die Herzen deiner Gläubigen
Und entzünd in ihnen
Das Feuer deiner göttlichen Liebe!
Amen!

Vorhang fällt.

5. Aufzug.

Saal wie im zweiten Aufzug. Rechts ein Ruhebett, auf dem Conrad liegt; daneben brennt eine Kerze. Nacht. Heftiges Gewitter. Durch die Fenster sieht man es fast fortwährend blitzen.

1. Auftritt.
Conrad, Michel.

Michel (rechts zur Thür hereinkommend).
Das ist ein Wetter heut, als ob die Hölle
Mit allen Teufeln losgelassen wäre!
         (Blitz und Donner.)
Ach Gott! das fährt mir in den Unterleib!
Dies Wetter macht mich krank vor lauter Angst! —
Der Luther hätte auch was Bessers sollen,
Als unsre guten Heil'gen abzusetzen!
Da war man wenigstens doch nicht im Zweifel,
Zu wem man beten sollte in der Noth!
         (Donner.)
Ha! wiedermal! Das Donnern bringt mich um!
Du heil'ger Florian (Donner) verlaß mich nicht! (Sturm)
Ach Gott! — nun fährt noch gar der Sturm dazwischen!
Jetzt ist's vorbei! Das halt ich nicht mehr aus!
       (er setzt sich auf die Erde und fängt an zu weinen.)
Und dort, mein Herr liegt da wie'n todtes Pferd,
Dem ist's egal, ob ich vor Angst vergehe!

Ich thu's auch nicht mehr mit. (Donner) Ha! Pest und Mord
Auf dies Gewitter! Kann denn unser Herrgott
Nicht schlafen gehn wie andre fromme Leute,
Statt daß er noch in später Mitternacht
Solch heidnisches Gepolter macht im Himmel?
(Donner. Er springt auf.)
Jetzt weiß ich, was ich thu! — Ich schließ die Augen
Und Ohren zu und sperr das Maul auf! — So —
Nun kann es donnern bis zum jüngsten Tage!
(er lehnt sich gegen eine Rüstung; diese fällt jedoch mit ihm um.
Von dem Lärm erwacht Conrad, springt auf und zieht sein Schwert.)
Conrad.
Wer bist Du? Sprich! — Wer wagt es, hier bei Nacht
In mein Gemach zu dringen? Rede, Schurke!
Sonst spalt ich Dir das Haupt!
Michel.
Mein gnäd'ger Herr! —
Vor Stimme — ach! — versagt mir ja die Angst! —
Ach nein — die Angst versagte mir vor Stimme —
Herr Gott! — ich werde noch vor Angst verrückt! —
Am besten ist's, ich stürze mich ins Wasser,
Sonst werd ich doch die Todesangst nicht los!
Conrad.
Bist Du es alter Narr? Was führt Dich her?
Michel.
Ach Herr! — ich liebte Laura, unsre Köchin.
Conrad.
Dann geh zu ihr und meinethalb zum Teufel —
Doch laß mich schlafen!
Michel.
Herr, das wollt' ich ja!
Da sah ich denn — (Donner) o das verwünschte Donnern! —
Daß sie verschwunden war wie fortgeblasen!

Conrad.
Sie wird vor Dir geflohen sein!
Michel.
O nein!
Ich ging auch nur in meiner Angst zu ihr,
Um bei dem Donnern doch ein fühlend Wesen
Ans Heldenherz zu drücken — doch verschwunden
War meine Laura! — Traurig lenkte ich
Zum Bettelmönche meine Schritte nun,
Um mich an seinen Reden zu erbauen, —
Denn, Herr, ich kann das Donnern nicht vertragen! —
Doch auch der Pfaff ist fort! der fromme Schurke
Ist mir mit meinem Liebchen durchgegangen!
Conrad.
Hol sie die Pestilenz und Dich dazu!
(Lärm hinter der Szene.)
Was gibt es da? Was für ein Lärm ist draußen?

2. Auftritt.
Vorige, Melchior, Friedel.
Melchior.
Herr! rettet Euch und lauft, was Ihr vermögt!
Friedel.
Es lief ein Mensch vorbei, der sagte aus,
Der Thomas sei bei Frankenhausen gänzlich
Aufs Haupt geschlagen und sein ganzes Heer
Vernichtet worden. Er mit wenig Mannen
Ist auf der Flucht und wird es wohl versuchen,
In Eure Burg zu kommen!
Friedel.
Landgraf Philipp
Ist ihm mit seinen Reitern auf der Ferse.
Conrad.
Dann ladet die Kanonen und besetzt

Die Wälle rings mit Wachen, daß der Feind
Bereit uns trifft, ihn würdig zu empfangen.
Melchior.
Das geht nicht an, o Herr! Bei jener Nachricht
Entfloh, was laufen konnte — nur wir Beiden
Beschlossen, Euch es erst zu melden, ehe
Wir jenen folgten. — Nun — behüt Euch Gott!
Friedel.
Lebt wohl, Herr Graf, und folget unserm Beispiel,
Denn alles, was die Sieger nur erreichen,
Das ist so gut wie todt!
Michel.
Du heil'ge Anna!
Das ist 'ne schöne Nachricht! Ach, Ihr Leute,
Nehmt doch den Michel mit um Gotteswillen!
Man soll mich nicht wie ein Kaninchen schlachten.
(Friedel, Melchior und Michel ab.)

3. Auftritt.
Conrad allein.

Conrad.
Die feigen Schurken! — Als es noch genügte,
Die Schlösser und die Klöster auszuplündern
Und in dem fremden Gute sich zu mästen,
Da waren's Helden. — Bei dem ersten Schlage,
Wo festes Handeln nöthig wird und Muth,
Verfliegen sie wie taube Spreu im Winde!
(die Kerze verlischt. Es wird dunkel.)
Nun bin ich in dem weiten öden Schlosse
Der einz'ge Mensch! Es ist ein bang Gefühl,
Verlassen sich zu wissen. — Seit der Bruder
Von meinem Schwert getroffen ward, verließ
Der alte Muth, die alte Stärke mich!
Bei jedem Hauch des Windes ist es mir,

Als hörte ich sein Todesröcheln wieder —
Beim Dämmerschein, beim Licht des Mondes glaube
Ich ihn zu sehn mit seiner Todeswunde —
Und nun bin ich allein in-öder Nacht! —
(Windstoß, der ein Fenster aufjagt.)
Gott steh mir bei! ich hörte in dem Sturm
Von seiner Stimme meinen Namen rufen!
(Blitz und Donner.)
Wohin verberg ich mein Gesicht? Ich sehe
Nur ihn, wohin sich auch mein Auge wendet! —
Warum verfolgst Du mich? Hast Du mir nicht
Das Weib gemordet? Hab' ich nicht Vergeltung
Für fürchterliche Schuld an Dir geübt?
(es schlägt vom Thurm 12 Uhr.)
Ha! Mitternacht! — Die Geisterstunde schlägt! —
Wie hab' ich früher doch mit leichtem Spott
Den Aberglauben und die Furcht verlacht! —
Und beim Gedanken nur, daß die Gestalt
Des todten Bruders vor mich treten könne,
Steht kalter Schweiß auf meiner Stirne — nein —
Gespenster gibt es nicht — und was nicht ist —
Wie kann uns das erschrecken? Ach, ich fürchte
Nur das Gespenst in meiner eignen Brust,
Ich fürchte nur, das helle Spiegelbild
Der wild erregten eignen Phantasie
Vor mir zu sehen in der Angst des Wahnes!
(greller Blitz und furchtbarer Donner. Der Sturm heult bis zum
Ende des Monologs.)
Ha! da erscheinst Du! — Trugbild meines Auges!
Verschwinde, Traumgesicht! — Was starrst Du mir
Mit Deinen todten Augen ins Gesicht! —
Ich bin im Fieber! — Welcher kalte Hauch
Weht mir entgegen! — Dieser Moderduft
Ist keine Täuschung — fort! — Die Kniee wanken,
Ich kann nicht fliehen — weh! er naht sich mir! —

Bist Du ein Todter, bleibe bei den Todten —
Bist Du ein Geist — so sage — welch ein Loos
Erwartet uns, wenn wir gestorben sind? —
Es schweigt — es nähert sich — es faßt mich an —
Mit eisig kalten Krallen packt es mich!
(er schlägt mit dem Schwert um sich und sinkt dann mit einem furchtbaren Schrei ohnmächtig auf das Ruhebett.)

4. Auftritt.

Das Gewitter hört auf. Helene in weißem Gewande, mit aufge=
lösten Haaren, einen Dolch in der Hand tritt ein.

Helene.

Nach tagelangem Harren hat sich mir
Zum ersten Mal das Thor der Burg erschlossen —
Es haben alle diesen Ort verlassen —
Nur er blieb noch zurück — ich muß ihn finden,
Und einer blut'gen Rachegöttin gleich
Verfolg ich ihn mit mordbewehrter Hand
Bis in des Schlummers heiliges Asyl! —
(der Mond bricht durch die Wolken und beleuchtet Conrad.)
Er ist gefunden! Ruhig schlummert er,
Als ob der Unschuld Engel ihn bewache, —
Ein Stoß mit diesem Dolche, und zerrissen
Ist seines Lebens Faden! — Deine Seele
Send' ich dem Orte ew'ger Qualen zu!
(sie will ihn erstechen, fährt aber erschreckt zurück.)
Wie ähnlich sieht er meinem armen Vater!
Es bebt die Hand in banger Scheu zurück —
Wie gleicht er ihm, den er gemordet hat!
Dasselbe Angesicht, das mir so theuer
So unaussprechlich theuer ist gewesen! —
Nur tief're Furchen hat ihm das Gewissen
Auf seine Stirn gegraben, und der Mund,.
Er scheint verzerrt von innrem Seelenschmerz;
Er sieht wohl die Gestalten meiner Eltern,

Die er gemordet hat! — Hinweg du Mitleid!
Hinweg du fromme Rührung, die du mir
Aus meiner Hand den Stahl zu schmeicheln suchst! —
Des Vaters theure Brust hat er durchbohrt —
Ich kann nicht Mitleid haben! Nein, die Rache,
Die ich dem Vater schwur, ich löse sie
Mit diesem scharfen Stahl! Dem jähen Tode
Bist Du geweiht — so stirb von meiner Hand!
(sie ersticht Conrad.)

Conrad (auffahrend).
Was thatest Du? — Helene — meine Tochter!

Helene (entsetzt aufschreiend)
Ha! mein Vater! — Sag, bist Du mein Vater?
Es ist nicht möglich — nein! — es ist nicht möglich! —

Conrad.
Mein armes Kind — ich bin Dein Vater! — Ach —
Mit meinem Blute rinnt mein Leben fort!

Helene.
Dich wollt' ich rächen! — Deinen Tod, so glaubt' ich,
Wollt' ich an Deinem Bruder rächen — weh!
O sage mir — wie kommst Du her? — O Gott!
Könnt' ich den Quell des Blutes doch verstopfen —
Ich traf Dich wohl nicht tödtlich — lieber Vater —
Nicht wahr, die Wunde kann noch heilen?

Conrad.
Nein!
Nur wenig Augenblicke kann ich leben!

Helene.
Und ich — ich habe Dich gemordet — ach! —
Vergib mir meine That! O hätt' ich doch
Die eigne Brust mit diesem Dolch durchstoßen!

Conrad.
Ich trage nur die Schuld, nur ich allein!

Ich fürchtete vor Deinem Anblick mich! —
Weshalb verschwieg ich mein Geheimniß Dir!
Weshalb nahm ich mit lügnerischem Trug
Des Bruders Namen an! — Ach, meine Tochter,
Ich that es Deinetwegen nur — ich wollte
Ein freundlich Glück für Deine Zukunft schaffen —
Vergiß, was Du gethan! Sei glücklich, Tochter —
O weine nicht um mich, denn Deine Thränen,
Sie thun mir weher als die Todeswunde!
Helene.
Ach, hättest Du den ehrlich graden Weg
Doch nie verlassen!
Conrad.
     Schwer hab' ich's gebüßt!
O Gott — wie wird mir — ha — ist das der Tod?!
          (er stirbt.)
Helene.
Mein Vater! — Wehe mir! Er hat vollendet!
(sie wirft sich verzweiflungsvoll auf die Leiche.)

5. Auftritt.
Morgendämmerung. Vorige, Paul.

Paul (noch draußen).
Herr Graf! — wo seid Ihr? — Retten will ich Euch!
Kein Laut! Das ganze Haus wie ausgestorben!
      (eintretend.)
Doch seh ich recht? — Helene! — — Keine Antwort?
Helene, hörst Du mich? — Gerechter Gott! —
Was muß ich sehn! — Der Graf in seinem Blute! —
Der Letzte, der mich liebte, ist nicht mehr!
Weh über Dich, Helene, daß die Rache
Zur Mörderin Dich machte! — Ach, mein Bruder,
Wie wohl ist Dir, daß Du es nicht erlebtest!

Helene (sich langsam aufrichtend, mit starrem Blick).
Ist Wilhelm todt?
       Paul (vorwurfsvoll).
             Er starb fürs Vaterland!
Du warst sein Trost in seiner Sterbestunde —
Dein Namen war sein letztes Wort — und Du?
      Helene (tonlos).
Aus Rache wollt' ich seinen Vater morden —
Und traf den meinen! —
      Paul.
             Unglückfel'ges Weib!
Wie hat es sich gerächt, daß Du die Liebe,
Der Frauen schönsten Schmuck, in Tigerwuth,
In Raserei die Sanftmuth hat verwandelt!
Die Grenze hast Du frevelnd überschritten,
Die die Natur dem Weibe hat gezogen;
Nun trage auch den Fluch für Deine That!
      Helene
  (im Wahnsinn; erst weich, dann bis zu rasender Wildheit).
Wie rauscht das Laub geheimnißvoll im Wald —
Ob er wohl kommt? — Wie hab' ich ihn so lieb! —
Da naht er! — Still! er soll mich suchen! — Ach,
Ich halt mich nicht zurück! — Mein Wilhelm! — ha!
Was seh' ich? — Warum birgst Du Deine Hände? —
             (halb singend:)
Ein Blümchen blüht am Rabenstein
    Zur Nacht,
Das leuchtet hell im rothen Schein
    Zur Nacht. —
Ha! roth sind Deine Hände! — roth — von Blut! —
Nein — meine Hände sind es! Wehe mir!
Hackt sie mir ab! sie brennen mich wie Feuer!
Ich will sie waschen in dem Bach! Sieh her —

Der Bach wird roth — die Bäume werden roth —
Ich habe meinen Liebsten umgebracht!
            Paul (für sich).
Sie spricht im Wahnsinn! Schauder faßt mich an!
            Helene.
Mir brennt mein Haupt! — Ich kann mich kaum besinnen --
Verschwommen liegt es vor mir und erkennen
Kann ich es nicht — ich hab es doch gehört —
Bist Du gestorben, Wilhelm? — Nein, Du lebst —
Du stehst ja vor mir und bewegst Dich noch —
Nur Deine Augen blicken gläsern starr —
Und sehn so seltsam groß und leer mich an!
Sieh Wilhelm — sieh — Du bist lebendig — aber
Sieh dort! — das ist mein todter Vater — sieh!
Ich — — ich — ach nein, das that ich nicht! — Und dort?
Ich seh es wohl — was ist es wohl — ja dort —
Es winkt mir eine leichenweiße Hand. —
Ein bleiches Angesicht — ich kenn' Dich wohl —
Du sprangst hinab — Du winkst mir — meine Mutter!
Zur Hochzeit holst Du mich — ich folge Dir!
(mit einem wahnsinnig gellenden Lachen eilt sie nach dem Fenster, und ohne daß es der nacheilende Paul verhindern kann, springt sie hinaus.)
            Paul.
Helene! — weh! sie liegt zerschmettert unten!
Der Himmel sei der armen Seele gnädig!
      (Lärm von draußen. Paul tritt an die Nische.)
Was für ein Lärmen? Bauern nahen sich,
Die auf der Flucht das Schloß erreichen wollen!
Und hinter ihnen seh' ich Panzer blinken
Und Federbüsche in dem Winde weh'n
Die Bauern dürfen mich nicht seh'n — ich will
Im Hofe mich verstecken und versuchen,
Das Thor zu öffnen, wenn die Freunde nah'n! —
                                          (ab.)

6. Auftritt.
Münzer, Pfeiffer, Hannes und Bauern.

Münzer.
Es ist vorbei mit uns! — Wir sind verloren!

Pfeiffer.
Nun denn — so sterben wir für unsre Sache —
Es ist, bei Gott, die schlecht'ste nicht gewesen!

Hannes.
Zum Teufel auch! Ist das das Ende? Sagt,
Ist dies das gold'ne Reich, das Ihr versprochen?
Wo bleibt die Freiheit, wo die Hilfe Gottes? —
Ihr habt ein falsches Spiel mit uns getrieben,
Und unaussprechlich großes Elend kommt
Auf die herab, die Eurem Wort vertraut!
Das Blut des Elends komme über Euch!

Münzer (höhnisch lachend).
Sie haben es nicht besser haben wollen.
Wie Schafe haben sie sich schlachten lassen. —
Hätt' ich gewußt, welch jämmerliche Menschen
Es waren, die ich glücklich machen wollte,
In ihrer Knechtschaft hätt' ich sie gelassen;
Bei Gott, sie sind ein bess'res Loos nicht werth!
Durch ihre Feigheit gehen sie zu Grunde
Und wir mit ihnen!

Pfeiffer.
Laßt das Zanken sein!
Besetzt die Wälle, Freunde, schließt das Thor
Und ladet die Kanonen! Unsre Feinde,
Sie sollen gut von uns empfangen werden,
Nur Muth und Umsicht!

(Hannes und die Bauern ab.)

Münzer.
Sie kommen schon!
Gleich einer Sturmfluth wogen sie heran —
Wir können uns nicht lange halten, Heinrich!

Pfeiffer.
Nein, meiner Treu, wir können nicht mehr siegen,
Doch wollen wir als Männer untergehn!
(er reicht Münzer die Hand, die dieser bewegt schüttelt.)
Münzer.
Erst in der Noth erkennt man seine Freunde!
(er geht nach der Nische.)
Ein Meer von Eisen seh' ich unten wogen! —
Was ist denn das? — Es öffnet sich das Thor —
Verrath! Allmächt'ger Gott! — Die Brücke sinkt.
Es strömen unsre Feinde in die Burg!
Pfeiffer.
Dann will ich tapfer für die Sache sterben,
Der unser Leben galt. Was sollen wir
Lebendig uns den Feinden überliefern,
Die uns dem Martertode weihen werden?
Mir nach! Wir stürzen uns dem Feind entgegen! —
Es wird ein kurzer ehrenvoller Tod
Uns von des Lebens langer Qual erlösen!
(ab.)

7. Auftritt.
Münzer allein. Er öffnet das Fenster. Es fällt ein Schuß.
Münzer (zurücktaumelnd).
Nun ist's vorbei! — Zum Tod bin ich getroffen! —
Mein Leben endet wie ein schaaler Traum! —
Das Meteor, das erst die halbe Welt
Mit Strahlenglanz erfüllt, erlischt im Sumpf —
Was ich erstrebt — es geht mit mir zu Grunde
Und Deutschlands Freiheit sinkt mit mir ins Grab!
(er stirbt.)

8. Auftritt.
Landgraf Philipp, Paul und Gefolge.
Philipp.
Knie nieder, junger Freund, wir danken Dir

So viel bei diesem Sieg, daß Du verdienst,
Als Ritter aufzustehn! (schlägt ihn zum Ritter)
                                    Du hast verloren,
Was theuer Dir gewesen — sieh nun mich
Als Vater an! Da herrenlos die Burg
Ernenn ich Dich zum Grafen von Gehofen!
                Paul.
Ist es denn war? Wie soll ich danken?
                Philipp.
                                    Laß
Die Worte, Freund! — Doch wo blieb Münzer nur?
Ich sah ihn hier an diesem Fenster stehn —
Da liegt er — seht! — ein Wenig todter Staub! —
Verklungen sind nun alle seine Worte,
Durch die er Wahnsinn in die Seelen goß;
Ein toller Schwärmer ist er nur gewesen,
Doch als er raste, zitterte die Welt! —
Wohl seh' ich's selbst, die alten Zeiten schwinden,
Es naht der Morgen einer neuen Zeit —
Doch nicht durch eines Abenteurers Stürmen,
Nur durch jahrhundertlanges Ringen wird
Die Menschheit aus dem Staube sich erheben,
Drum endeten so kläglich seine Pläne!
Den Völkern wollt' er Glück und Segen bringen,
Und Blut und Elend hat er nur gebracht!
Die Sterne wollt' er von dem Himmel reißen,
Um seiner Stirn ein Diadem zu flechten —
Und nun zerschmettert in dem Staube — seht!
Ein solches Ende nehmen die Titanen!
                Vorhang fällt.
Ende.

Weimar. — Hof-Buchdruckerei.